박성우
시인의

창문
엽서

박성우
시인의

창문
엽서

글·사진
박성우

창비

이팝나무 아래 우체국이 있다
빨강 우체통 세우고 우체국을 낸 건 나지만
이팝나무 우체국의 주인은 닭이다
부리를 쪼아 소인을 찍는 일이며
뙤똥뙤똥 편지 배달을 나가는 일이며
파닥파닥 한 소식 걷어오는 일이며
닭들은 종일 우체국 일로 분주하다
이팝나무 우체국 우체부는 다섯이다
수탉 우체국장과 암탉 집배원 넷은
꼬오옥 꼭꼭 꼬옥 꼭꼭꼭, 열심이다
도라지 밭길로 부추밭길로 녹차밭길로
흩어졌다가는 앞다투어
이팝나무 우체국으로 돌아온다
꽃에 취해 거드름 피우는 법 없고

눈비 치는 날조차 결근하는 일 없다

때론 밤샘야근도 마다하지 않는다

빨강 우체통에 앉아 꼬박 밤을 새우고

파닥 파다닥 이른 아침 우체국 문을 연다

게으른 내가 일어나거나 말거나

게으른 내가 일을 나가거나 말거나

게으른 내가 늦은 답장을 쓰거나 말거나

이팝나무 우체국 우체부들은

꼬오옥 꼭꼭 꼬옥 꼭꼭꼭, 부지런을 떤다

———졸시 「이팝나무 우체국」 전문

고만고만하게 쓸쓸한 저녁이 오면 '나는 왜 사는가?' 하는 아득한 질문을 스스로에게 던져놓고 막막해하곤 했다. 그에 대한 답은 여전히 어려운 것 같기도 하고 어쩌면 어느정도는 알 것 같기도 하지만, 한가지 확실한 것은 그러한 질문을 던져보던 때의 나는 지칠 만큼 지쳐 있었다는 사실이다. 스스로를 위로하고 다독여주지 않으면 안될 것 같던 시절, 그런 날들은 다행히 너무 아리지 않게 무사히 지나갔고 피도 조금씩 식어갔다.

마흔이 넘은 뒤로는 '어떻게 사는 게 나답게 사는 건가?' 하는 물음을 던져보면서 남이 알아주지 않아도 그야말로 '나답게' 살아가는 내 곁 사람들의 삶을 유독 눈여겨보게 되었다. 그러면서 번지르르한 겉보다는 늘어가는 굳은살로 세상 사는 이치를 알아가는 사람들의 삶이 새삼 크고 귀하고 소중하다는 걸 알아갔다. 그저 떠올려보는 것만으로도 한껏 기분이 좋아지는 지고지순한 삶이라니!

창을 타고 올라온 담쟁이가 손을 펴 보이던 봄밤이었다. 마당에 나가 빨강 우체통을 만져보면서 나는 이 높고 순한 사람들과 풍경을 엽서에 빼곡히 담아 그대에게 보내야겠다고 생각했다. 그렇다고는 해도 이미 정년퇴직을 하고 노모 집으로 떠난 이팝나무 우체국 우체국장과 집배원을 다시 불러올 재간은 없었으나 다행히 창비문학블로그를 통해 게으른 '창문 엽서'를 보낼 수 있게 되었다. 펜 끝에 잉크를 찍어 긴긴 엽서를 쓸 것도 아니면서 나는 잉크통을 열어보기도 하면서 녹슨 펜촉을 닦았다. 그 밤 뒤로 담쟁이 창문 앞 책상에 앉아 그대에게 '창문 엽서'를 쓰기 시작했다.

같이 일하고
같이 먹고
같이 쉬는
우리 마을 사람들

정읍 터미널에서 섬진강댐으로 가는 버스를 타고 가다가 자두
나무 정류장에서 내리면 거기가 우리 마을이다. 자두나무 정류장
에는 언제나 섬진강 물줄기인 옥정호가 마중 나와 있고, 벚나무
를 따라 안길로 몇걸음 더 들어가면 종석산 자락에 옹기종기 모
여 있는 수침동(종암) 마을을 만날 수 있다. 우리 마을 장금리 수
침동은 전북 정읍시 산내면에 안겨 있는데, 산내면은 동으로 성
주산, 서로 감투봉, 남으로 종석산, 북으로 왕자봉을 두르고 있다.

음력 칠월 보름, 백중날이다. 마을회관 앞 모정으로 나온 할매
들이 모시를 다듬는다. 따로 심은 적 없으나 넘치게 쌓인 저 모시

는 박상기 이장님과 바우 아저씨가 이른 아침부터 이슬 털며 산에 올라 베어온 것들이다. 개 짖는 소리도 닭 우는 소리도 듣지 않고 자란 모시, 집짐승 소리도 사람 발걸음 소리도 들리지 않는 깊은 골짝에서 저희끼리 모여 이슬 털고 볕 쬐고 산그늘 바람 쐬며 자란 진짜배기 모시다.

모종에 앉아 모시를 다듬는 할매는 셋이다. 백국형 할매(남동떡, 88)와 이야순 할매(마장이떡, 88) 그리고 양봉순 할매(가춘떡, 92)가 새색시 같은 얼굴로 날랜 손을 놀린다.

"핫따매, 뭔 모시를 이렇게나 많이 다듬는다요?"

"뭐 헐라고 다듬기는 백중잉게 모시개떡 쪄 묵을라고 그라제."

"하이고미, 모시개떡 묵다가 배 터져 죽겄는디요."

"긍가? 안 죽을 맹큼만 묵어야제."

할매들 손을 거친 모시는 모싯대와 모싯잎으로 간결하게 나뉜다.

모싯잎은 장작불에 남실남실 삶아지고, 백중

울력을 마치고 온 사람들은 마을회관 앞에서 백중 굿판을 벌인다. 개갱 갱 갱 갱, 굿판을 벌인 이들은 상쇠 조용곤, 쇠재비 이경숙, 장구재비 장인숙, 징재비 김영만 전 이장님이다. 여기에 왜틀비틀 금수 양반도, 허청허청 권영홍 노인회장님도, 사뿐사뿐

이강순 부녀회장님도, 껀둥껀둥 박상기 이장님도 한 패거리로 흥을 돋운다.

뺑글뺑글 도는 풍물재비들을 따라 돌며 언죽번죽 깝죽깝죽 놀아주는 재비들이 없었다면 백중 굿판은 금시 김이 빠져버렸을 터이다. 실쭉샐쭉 기웃대는 액(厄)들을 몰아내지도 못했을 터이다. 굿패는 더 신명나게 백중 낮달을 두들긴다.

봐라 봐라 저길 봐라

쌔근발딱 도망치는 액을 봐라

백중 달에서 가져온 쇠 장구 징을 두들겨 깐죽대던 액들을 마을 밖으로 아주 쫓아낸다. 벅적벅적 와자지껄 놀던 굿패는 모정에 앉아 덩실 더덩실 춤을 추고 박수 치며 판에 끼어들던 노인들께 끝인사를 올리는 것으로 굿판을 마무리한다.

얼씨구!

"아아, 주민 여러분께 알려드리겠습니다."

아침 여섯시도 되지 않아 마을 방송이 나왔다. 백중을 맞이하여 마을 꽃길 가꾸기 울력을 할 터이니 남자들은 예초기를 들고 나오고 여자들은 호미를 들고 나오라는 이장님 목소리가 쩌렁쩌렁했다. 꽃길 가꾸기를 마친 뒤에는 마을회관에 모여 밥도 같이 먹고 술도 나눠 마실 터이니 한사람도 빠지지 말고 여섯시 반까지 나오란다.

예초기가 없는 나는 여느 때처럼 갈퀴와 빗자루를 들고 나갔다. 분명 여섯시 반까지 나오라 했으나 마을 엄니들은 방송을 듣자마자 나왔는지 그새 길 가장자리에 앉아 패랭이꽃밭을 매고 있었다. 엄니들은 벌떼 군단처럼 자리를 옮겨 다니며 잡풀을 뽑았다. 나는 현수 아저씨와 함께 그 뒤를 따르며 엄니들이 뽑아놓은 풀을 외발수레에 담아 버리고는 빗자루질을 했다. 그 많은 풀을 언제 다 매나 싶었는데, '손이 무섭다'는 말이 실감났다. 엄니들이 지나가기만 하면 풀에 눌려 있던 패랭이꽃밭이 환해졌다. 금수 양반 예초기는 시원시원하게 돌아갔고, 김영만 전 이장님 예초기는 꼼꼼하기 그지없었다. 모시 베러 갔다 돌아온 바우 아저씨도 손을 보탰고, 이장님은 부녀회장님과 함께 장을 보러 나갔다.

어르신들 앞이라 아프다는 말도 꺼내지 못하고 울력에 참여했지만 사실 나는 백중 전날, 말벌에 왼쪽 머리를 두방이나 쏘였다. 나를 찾아온 학생 순례단 삼십여명과 강변을 걷다 졸지에 변을 당한 것인데, 다행인 점은 나와 인솔교사 한사람만 쏘이고 아이들은 변을 당하지 않았다는 것이다. 말벌에 쏘인 선생님과 나는 안되겠다 싶어 인근 면에 있는 병원에 가서 엉덩이 주사도 맞고 약도 사흘 치나 받아왔다. 그렇지만 머리를 쑤셔대는 통증은 여간 가시지 않았고 왼쪽 얼굴은 어지간히도 화끈거리며 부어올랐

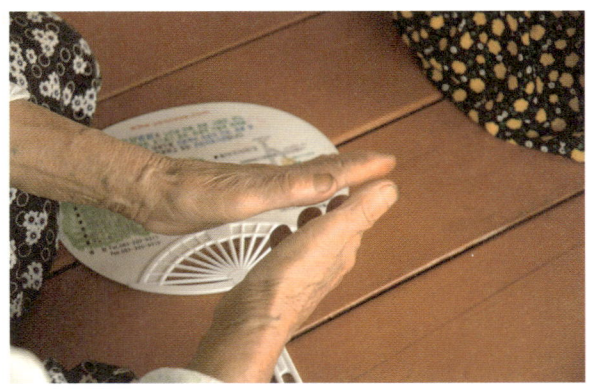

다. 이상하게 오른쪽 팔뚝도 시큰시큰 아려왔다. 그렇다고 이 마을에서 가장 젊은 내가 벌에 쏘였다는 핑계로 울력을 빠질 수는 없는 일이었다.

우리 마을 사람들은 백중날에는 같이 일하고 같이 밥 먹고 같이 쉰다. 같이 일한 뒤 어른들 틈에 끼여 먹는 삼겹살 점심이나 백숙은 유별나게 맛나다. 부녀회는 쉴 틈도 없이 할매들이 다듬어놓은 모시를 삶느라 땀을 뻘뻘 흘린다. 삶은 모시를 맑은 물로 헹구고 물기를 경단처럼 눌러 짠다. 그러고는 그것을 쫙쫙 펴서 고슬고슬 턴다. 아, 그새 추석 냄새가 난다.

내동떡 도산떡 각골떡 제실떡 남안떡 가춘떡 마장이떡 남동떡 수낫골떡 너디떡 종성떡 새티떡 강화도떡 서울떡……
"나는 난곡정서 시집왔당께."
알았어요, 난곡정떡. 다음은 검단이떡……
"검단이떡은 둘이여라."
먼저 시집온 우커티 검단이떡(큰 검단이떡), 나중에 시집온 아래커티 검단이떡(작은 검단이떡).
우리 마을은 택호를 부를 때 고향 이름 뒤에 '댁'을 붙이지 않고 '떡'을 붙인다. 모정 마루에는 참 많은 엄니들이 나와 있다. 모두 다른 얼굴이지만 어딘지 모르게 닮아 있는 얼굴들. 모정 귀퉁이에 앉은 나는 잠시 멈추었던 택호 출석을 다시 불러본다. 같은 동네서 시집와 본동떡이 된 본동떡, 같은 동네서 시집왔지만 이미 본동떡이 있어 옥자떡이 된 옥자떡.

"아 긍게, 옥자는 옥자떡의 큰딸 이름인디 본동떡 땜시 옥자떡이 되야부렀당께."

우왕좌왕 와자지껄 출석을 다 부르고 나니 남안떡 아지매가 내 곁으로 와서 한마디 보태신다.

"예전에는 큰 동네였당께. 나가 스물시살에 시집왔는디, 잠이 안 와서 찬찬히 시어봉게로 내가 시집온 뒤로 이 동네서만 여든 다섯 양반이 돌아가셨드만."

출석을 다 부른 나는 자꾸만 남안떡 아지매의 잠 못 들던 밤들도 출석부와 함께 덮어주고 싶어진다.

무더기무더기 모여 앉아 노는 듯 일하고 일하는 듯 놀다보면 일은 금시 마무리되는가. 모시를 고슬고슬 터는 일까지 마무리지은 마을 사람들은 닭튀김 복숭아 포도 같은 먹을거리를 꺼내놓고 도란도란 얘기 나눈다. 정으로 권하는 술을 어찌하지 못하던 나는 벌에 쏘인 통증도 심해지고 해서 은근살짝 집으로 돌아왔다.

한데 얼마나 누워 있었을까, 이명화 전전 이장님이 나를 데리러 왔다.

"같이 놀아야지 왜 그새 집으로 왔어?"

나는 다시 신발 꺼내 신고, 이명화 전전 이장님을 따라 모시개 떡 먹으러 간다.

그대 안의
블루베리,
갑선이

내 친구 갑선이는 농부다. 팔년차 블루베리 농사꾼이다. 제아무리 잡풀이 밭으로 밀고 들어와도 약 한번 친 적 없는 고집불통 농사꾼이다. 오랜만에 갑선이에게 전화를 넣는다. 블루베리밭에서 일을 하고 있다고 한다. 차를 몰고 갑선이네 밭으로 향한다.

갑선이가 장가들기 두해 전 겨울이었다. 눈이 펑펑 내리던 날 초저녁 무렵, 갑선이가 내 작업실이 있는 마을까지 걸어온 적이 있다. 심심한 것을 도무지 견딜 수 없어 걷다보니 대략 이십리 정도 되는 눈길을 걸어오게 되었다고 했다. 우리는 대충 저녁을 먹고 노닥거리다가 아직 장가를 안 든 동네 형 집으로 놀러 갔다.

놀러 가기는 했지만 심심하기는 마찬가지였다. 눈발은 그치지 않았고 밤은 밤으로만 길게 이어졌다. 우리는 민숭민숭 노닥거리다가 심심풀이 화투를 쳤다. 나는 빈 주머니로 나간 터여서 갑선이에게 삼천원을 빌렸던가. 한데, 야금야금 잃던 내가 단박에 싹쓸이를 하게 되었다. 그래 봤자 딴 돈을 모두 합해도 만원 조금 넘는 정도였다.

"갑선아, 얼매 잃었냐?"

"파, 팔천원……"

막 돈을 돌려주려는 찰나, 갑선이가 눈물을 글썽이는가 싶더니 펑펑 울기 시작했다. 콧물까지 흘려대는 통에 얼른 휴지를 내밀기는 했지만 왜 우는지 도통 영문을 알 수 없었다.

"아이 씨, 울 엄니 파스 살 돈이란 말이여."

키 185센티미터에 몸무게가 100킬로그램도 더 나가는 산도적 같은 놈이 돈 팔천원 때문에 산짐승처럼 울다니. 갑선이의 대책 없는 순진무구는 흰 눈보다 더 희어 보였다. 동네 형은 얼른 돼지고기를 볶아 왔고 소주 몇잔 기울이는 것으로 눈 내리던 밤의 소동은 마무리되었다. 그후로 우리는 화투장은 쳐다보지도 않는다.

밭으로 가는 콘크리트 농로에서 유모차와 마주친다. 나는 유모차를 막아선다. 갑선이의 아내인 순교 씨가 운전하는 유모차다. 유모차에 셋이나 타다니! 유모차는 승차 정원을 한명도 아니

고 두명이나 초과하고 있다. 연우(6)와 윤(5), 그리고 이 집의 막둥이 완(3). 세 아이의 자리는 오래전부터 정해져 있는 듯 익숙해 보인다. 세 아이는 각자의 자리에서 최대한 편한 자세를 취한 채 나를 올려다본다. 아빠가 일하는 블루베리밭을 다녀오는 모양이다. 승차 정원 초과로 딱지 떼일지 모르니까 얼른 들어가세요.

갑선이가 블루베리밭에 물을 주고 있다. 지난 2월 중순부터 4월 중순까지 하루도 쉬지 않고 일하고 있다고 한다.

"야, 갑선아, 저번참 이장선거 어떻게 돼았냐?"

갑선이는 지난해 말 치른 이장선거에서 총 15표 중에 7표를 받아 간발의 차이로 낙선했다며 웃는다. (갑선이는 지지난 이장선

거에서는 총 16표 중 3표를 획득한 바 있다.)

나는 다음번엔 갑선이가 이장이 되는 것을 소망하고, 갑선이는
세 아이 모두 농부가 되기를 소망한다. 도시에서 사람들 틈에 끼
여 경쟁하며 사는 것보다는 시골에서 도란도란 사는 삶이 더 좋
을 것 같기 때문이란다. 팔년 전에 이년생 블루베리 묘목 백여그
루를 사 와 심었던 갑선이는 그새 칠천평의 땅에 칠천그루의 블
루베리를 심어놓았다. 작황이 좋으면 애도 하나 더 낳을 생각이
란다.

"갑선아, 다음번엔 운동 잘혀서 꼭 이장 돼라, 잉?"

갑선이는 세 아이 모두
농부가 되기를 소망한다.

온통
연둣빛,
온겸이네

    온겸이네 집은 산골 마을 끝집에서도 고개 하나를 더 넘어야 나온다. 고갯길을 넘어 논두렁길을 지나서야 온겸이네 집이 눈에 들어온다. 경차도 경운기도 리어카도 들 수 없는 좁은 논두렁길. 왼쪽 어깨로는 버드나무가 줄지어 있는 저수지, 오른쪽 어깨로는 산비탈 아래에 있는 다랑논을 끼고 걷다보면 골짜기 옆에 느긋하게 앉아 있는 온겸이네 집이 보인다.

    온겸이네 집에는 없는 게 많다. 냉장고도 없고 세탁기도 없다. 컴퓨터도 없고 텔레비전도 없고 라디오도 없다. 한때는 라디오를 가진 적도 있었으나 가족 대화에 방해가 되는 것 같아 없앴다. 처음 이곳에 자리를 잡았을 때는 차로 좁은 고갯길을 넘어왔으나 차도 가차 없이 버렸다. 내가 생각하기에 없으면 가장 불편할 것 같은 가전제품은 냉장고인데, 세 식구는 산과 들에서 나는 풋것으로 끼니마다 욕심 없는 밥상을 차려 먹으니 굳이 냉장고도 필요 없다고 말한다. 실은 냉장고가 한쪽 귀퉁이에 있기는 있다. 하지만 이 냉장고는 코드가 뽑힌 채로 갖가지 곡식과 말린 나물을 넣어두는 작은 곳간으로 사용 중이다.

유기농 공부를 마친 온겸이네는 2013년에 이 버드나무골로 들어왔다. 처음엔 오만한 집을 버리고 나와 텐트만 치고 살았다. 그러면서 누구의 손도 빌리지 않고 지금의 보금자리를 가족의 힘으로 마련했다. 괭이와 삽으로 땅을 파서 맑고 차가운 물이 솟아오르는 샘도 만들어냈다. 온겸이 아빠 김준규(49) 씨와 엄마 이미화(39) 씨는 모든 걸 가족의 힘으로 해결하지만 온겸이(10) 교육만큼은 둘만의 노력으로 하지 않고 자연과 힘을 합친다. 온겸이는 엄마 아빠와 자연의 뜻에 따라 온유하고 겸손하고 씩씩하게 자라고 있다.

온겸이는 귀여운 개 '메리'와 '별이' 그리고 '마루'와 함께 산책하는 걸 가장 좋아한다. 온겸이네 집을 찾았을 때에도 온겸이는 엄마와 메리와 별이와 마루와 함께 들에 나가고 없었다. 온겸

이 아빠와 얼마나 얘기를 나누고 있었을까. 온겸이는 엄마와 메리와 별이와 마루와 함께 논두렁길을 타고 순하고 환한 얼굴로 들어왔다. 온겸이 엄마 손에는 고사리가 들려 있었는데, 그야말로 딱 욕심 없는 한줌이었다.

온겸이는 보여줄 게 있다며 나를 끌고 계곡 옆에 있는 나무 곁으로 간다. 서어나무 줄기에는 밧줄이 묶여 있고 밧줄 끝에는 온겸이가 움켜쥐기에 마침맞은 막대기 손잡이가 달려 있다. 아빠가 지난해 만들어준 서어나무 놀이터. 온겸이는 외줄 끝에 묶인 손잡이를 잡는가 싶더니 거침없이 줄을 타고 날아오른다. 타잔처럼 슈퍼맨처럼 하늘을 난다. 다리를 쭉 뻗고도 거꾸로 매달려서도 하늘을 난다. 붕붕 슝슝 날아올라 별나라에도 다녀오고 먼 우주에도 거침없이 발을 찍고 온다.

뜀박질을 잘도 하는 온겸이는 또 보여줄 게 있다며 버드나무가 있는 저수지로 나를 데려간다. 온겸이는 버드나무 줄기가 손과 발을 담그고 있는 저수지에 손을 집어넣더니 양 손바닥으로 샘물을 뜨듯 올챙이떼를 들어올린다. 새까맣게 꿈틀거리는 올챙이떼를 가득 퍼 들고는 개구리처럼 양 볼에 바람을 넣고 웃어 보인다. 그러고는 다시 올챙이가 있어야 할 자리에 올챙이를 놓아준다. 온겸이는 거머리와도 싸우지 않고 같이 놀 수 있다고 했다. 나는 의심 없이 고개를 끄덕였다.

온겸이네 집 앞에는 길을 내어주기도 하는 손바닥만 한 다랑논이 하나 있다. 이 논은 원래 근년에 농사를 지은 적 없는 묵은 논이었는데, 지난해 온겸이네가 이 논에 벼농사를 지었다. 약 한번 치지 않고 농사를 지으니 미꾸라지 거머리 소금쟁이가 논바닥으로 들어와 우글우글 살았다. 손으로 모내기하고 손으로 풀을 뽑아내고 낫으로 벼를 베어 귀한 소출을 올렸다. 온겸이네는 이 손바닥 농사에서 삼백여 킬로그램의 나락을 얻었다. 처음엔 홀태로 벼이삭을 일주일 넘게 훑다가 발로 밟아 돌리는 탈곡기인 '호롱기'를 빌려다 탈곡을 마쳤다. 온겸이네는 나락을 보관하고 있다가 필요한 만큼씩만 동네 정미기로 방아를 찧어다 먹는다.

욕심이 없어 행복한 가족 온겸이네. 온겸이 아빠는 자급자족을

위한 일은 해도 돈을 벌기 위한 일은 따로 하지 않는다. 온겸이 아빠인 김준규 씨는 마을 사람들에게 손을 보태주는 일도 공짜로 해주는 게 원칙이다. 돈이 필요하지도 않거니와 돈을 위해 일을 하면 기분이 나빠지기 때문에 자급자족할 만큼만 농사 노동을 즐긴다. 즐거운 마음으로 부지런히 몸을 놀려 삼시 세끼 밥을 얻는다.

가진 게 별로 없어 보이지만 사실은 이미 다 가지고 있는 온겸이네. 온겸이 아빠 김준규 씨는 가족이 매일매일 행복하게 사는 게 목표이기 때문에 '돈벌이를 위한 돈벌이는 안한다'가 원칙이라고 했다. 온겸이 아빠는 한때 잘 나가는 사장이기도 했고, 일이 안 풀릴 때는 빚에 몰린 빚쟁이이기도 했다. 악착같이 돈을 벌어 빚을 갚고 나면 뭔가 허전한 마음이 몰려와 견디기 힘들었다. 돈을 손에 쥐어도 그런 맘이 드는 건 마찬가지였다. 그간 '사람들에게 인정받기 위해' 살아온 건 아닌가 하는 회의감이 점점 들기 시작했다. 김준규 씨는 '살아온 이유'를 떠올려보기도 했고 '살아갈 이유'를 궁리해보기도 했다. 그러다가 '자연과 더불어 사는 삶'을 선택했고 그 선택은 탁월했다.

이제는 세속적 경제로부터도 세속적 가치관으로부터도 아주 멀리 떨어져나와 살고 있는 온겸이네. 백오십평 남짓의 논농사와 오십평 남짓의 밭농사를 지으며 부족함 없이 행복하게 지내고 있다. 돌밭을 일궈 만든 텃밭에서는 상추 시금치 아욱 도라지 당근 우엉 더덕 달래 부추 근대 감자 고구마 완두콩 취나물 돌나물 같은 것이 부족함 없이 자라준다.

온겸이네는 날이 어둑어둑해져오면 고개 너머에 있는 아랫마을로 내려간다. 엄마 이미화 씨와 아빠 김준규 씨가 마을회관에 모여 있는 할머니 할아버지께 저녁밥도 해드리고 설거지도 해드리는 동안 온겸이는 재롱잔치를 한다. 춤과 노래가 주특기인 온겸이는 하루도 거르지 않고 마을회관에서 할머니 할아버지만을 위한 아주 특별한 공연을 펼친다. 그러곤 다시 엄마 아빠와 함께 별과 달이 환하게 열어주는 길을 따라 집으로 돌아간다.

온겸이네는
'자연과 더불어 사는 삶'을 선택했고
그 선택은 탁월했다.

오토바이
발로 차며
울어봤니?
현기 형

현기 형은 우편집배원이다. 아침마다 전북 정읍 '칠보우체국'
에서 오토바이를 타고 나오는 그는 칠보면 산내면 산외면을 번
갈아 돌며 우편물을 배달한다. 스무살인 1989년에 우체국에 들
어가 지금껏 우편집배원 일을 하고 있으니 햇수로 이십육년째다.

자전거 페달을 밟으며 우체국 일을 시작한 형은 형수와 이름이
같다. 형의 이름도 '현기'고 형수의 이름도 '현기'다. 형은 김현기
(45)고 형수는 유현기(41)다. 아리따운 형수도 정읍에 있는 우체
국에서 근무한다. 둘 사이에는 아들 호찬이(17)가 있다. 둘은 어
떻게 우체국 커플이 되었을까? 형과 형수의 사랑은 우체국에서

주관한 극기훈련을 계기로 시작됐다. 일박 이일 극기훈련의 일환
으로 내장산 줄기를 타던 때, 김현기는 유현기에게 '살포시' 손을
내밀었다. 다른 동료들이 끙끙거리며 훈련을 받는 동안 이 둘은
진땀나는 사랑을 싹 틔웠다. 이 커플에게 있어 우체국은 우정사
업본부가 아니라 사랑사업본부인 셈이다.

　그렇다고 현기 형이 자신만의 사랑을 키워온 사람은 아니다.
한번은 현기 형이 우편물 배달을 가는데, 한 청년이 마을 초입에
서 있었다. 말끔하게 차려입은 청년은 배달을 마치고 돌아오는
길에도 그 근방을 서성였다. 청년은 쭈뼛쭈뼛 손을 내밀어 현기
형의 오토바이를 세웠다. 그러곤 꽃다발을 내밀었다.
　"꼬, 꽃 좀 전해주세요."

청년은 평소 짝사랑하는 처자가 사는 마을까지 용기를 내어 찾아오긴 했으나 차마 마음을 담은 꽃다발을 전하지는 못하고 애만 태우고 있었던 것이다. 현기 형은 기꺼이 '사랑의 꽃 배달부'가 되었다. 꽃다발을 받아들고는 오토바이 머리를 돌렸다. 처자에게 자초지종을 얘기하며 꽃다발을 전했다. 하지만 그 처자는 이렇게 쏘아붙였다.

"우체부 아저씨, 그렇게 한가하세요?"

사랑 배달은 쉬운 일이 아니다.

삐삐 차고 배달하던 시절, 폭설이 내려 면 소재지 우체국과 연결된 모든 마을 길이 끊겼다. 도무지 배달을 나갈 수 없는 상황이었다. 한데 우편물 하나가 현기 형의 마음을 흔들었다.

하필이면 '약'이었다. 그러니까 지병이 있어 정기적으로 보내오는 약을 자셔야만 하는 어르신 앞으로 온 '목심' 같은 약이었다. 어르신이 사는 마을은 면내에서도 가장 깊고 높고 험한 골짝에 자리하고 있었다. 현기 형은 오토바이 시동을 걸어 눈길을 밀고 나갔다. 일곱번 넘어져도 일어났고 여덟번 넘어져도 일어났다. 해질 무렵에야 가까스로 약을 전할 수 있었다. 허나 눈길은 오르막보다 내리막이 더 미끄러운 법. 현기 형은 어둠이 깔리는 눈길에서 넘어지고 또 넘어졌다. 이윽고 현기 형은 애먼 오토바이를 발로 차며 울었다. 눈길에 벌러덩 드러누운 채로도, 비칠비칠 일어나서도, 넘어진 오토바이를 발로 차며 엉엉 울었다.

현기 형은 고향으로 오는 우편물을 전해주는 사람이지만 고향 소식을 고향 밖으로 전해주는 사람이기도 하다. 틈틈이 고향 풍경을 앵글에 담아 손수 만든 인터넷 까페에 올린 지도 십년이 넘었다. 객지로 나간 사람들은 그 까페에 들어와 마을 정자나 당산나무에 기대어보기도 하고 개울에 발을 담가보기도 한다. 유년 시절로 돌아가 가난하지만 행복하던 시절을 떠올리며 지친 삶을 위로받기도 한다. 현기 형은 오늘도 고향 안팎의 소식을 전하러 오토바이를 타고 신명나게 길을 나선다.

"사랑 배달은
쉽지 않아요."

해바라기 씨(氏),
종화 성

    방이 몇개냐, 전화가 왔다 빈 벽이 있느냐고도 물어왔다 아홉
평 좀 못되는 컨테이너집이라고 나는 대답했다 따로 만나 막걸
리 한잔 마신 적 없고 국밥 한그릇 먹은 적 없는 유종화 선생 목
소리였다 살 만하냐고 안부전화를 넣거나 받은 적도 없이 선생
과 나는 겨우, 서로 책 한권씩 보내 읽은 사이다

    언젠가 노래하는 시인 유종화 선생의 아내가 죽었다는 소식을
들었다 아내를 잃은 그가 끼니도 일터도 버리고 반송장이 되어
간다는 것이다 가슴이 먹먹했다 얼마나 지독하게 사랑하면 그처
럼 서슴없이 막장에 닿을 수 있을까 솔직히 나는 그의 순정한 사

랑이 부럽기까지 했다

　바람 한점 없는 춘분, 천권의 책을 뺐다 트럭을 불러 손때 묻은 그의 책과 책장을 모조리 뺐다 그가 내주는 밥을 된장국에 말아 우걱우걱 넘겼다 그는 내게 끼니를 내주고는 물 한모금 마시지 않았다 다만, 책을 뜻있게 쓰고 싶어 나에게 보낸다는 말을 건네면서 어떤 다짐처럼 웃었다

　그러다가는 머쓱해하는 내 어깨를 툭, 건들었다 좋은 시 쓰면 되지 뭘, 졸지에 나는 좋은 시를 써야 하는 시인이 되고 말았다 그는 학교에 다시 나가 국어를 가르칠 것이며 뜬금없이 해바라기를 심고 싶다면서 가슴 벅차했다 눈이 시고 혀끝이 비릿하게 짜왔다 그의 아내가 간 지 벌써, 십년이다

—졸시 「해바라기 씨(氏)」 전문

　유종화 선생이 해바라기를 심고 싶다고 한 지도 벌써 오년이 지났다. 이제 나는 그를 선생님이라 부르지 않고 종화 성이라 부른다. 선생님이라 부르면 하도 부아를 내서 종화 형님이라 부르다가, 종화 형이라 부르다가 지금은 그냥 종화 성이라 부른다. 종화 성은 58년생 개띠고 나는 71년생 돼지띠다.

'해바라기 씨(氏)' 종화 성은 다시 학교로 돌아갔다. 공립 특수 학교인 다솜학교의 방과후 교실 선생님이 되어 독서를 가르친다. 지난 2월까지는 안전지킴이로 초등학교에 몸담기도 했다. 야간에는 인근 대학 평생교육원 교수로 나가 독서지도사를 키운다. 1986년부터 국어교사로 일했던 그는 천생 학교에 있어야 어울리는 사람이다.

"올해는 저쪽 운동장 가에 해바라기 모종을 할 거야."

다솜학교 빈 교실과 도서관을 구경하면서 애들은 가르칠 만하냐고 물었다.

"나는 가르치려고 안해. 들어주는 역할을 하지. 인간다운 모습을 되도록 많이 보여주려고도 하고."

한번은 수업 중에 학생 한명이 종이비행기를 몰래 접어 날리더란다. 한데 평소 얼굴이 어둡던 그 아이의 표정이 그렇게 해맑을 수가 없더란다. 그래서 책을 접고는 반 아이들 모두와 종이비행기를 접어 날렸단다. 그뒤로 표정이 어둡던 그애는 활기찬 아이가 되었다고.

십오년 전에 먼 길 보낸 아내 대신 다른 누군가가 옆에 있으면 불편할 것 같다는 해바라기 씨는 태영이(30)와 인영이(27) 아빠다. 태영이는 대기업 정밀측정기사이고 인영이는 알아주는 병원의 간호사다. 평일에는 저마다 따로 지내지만 쉬는 날에는 세 식구가 모여 오붓하게 밥도 먹고 도란도란 차도 마신다. 얼마 전에는 아직 미혼인 태영이와 인영이가 아빠를 앉혀놓고 결혼 얘길 꺼냈단다.

"아빠, 우리 셋은 누가 먼저든 결혼하겠다고 하는 사람에게 축하의 박수를 보내주기로 해!"

다솜학교를 나오면서 나는 은근슬쩍 책을 돌려주고 싶다는 말을 꺼냈다. 종화 성이 책장을 넘기며 다시 시를 가까이하면 좋을 것 같아서였다. 하지만 종화 성은 대답 대신 보여줄 게 있다면서 낡은 승용차가 있는 쪽으로 나를 데려갔다. 트렁크에는 통기타가 들어 있었다. 어떤 전율이 몰려왔다. 종화 성이 예전처럼 시노래도 만들고 무대에도 서면 얼마나 좋을까. 혼잣말처럼, 내게 속삭이는 말처럼 종화 성은 말했다.

"흐음, 노래나 한번 만져볼까?"

라삐,
안녕!

라디오를 켠다. 집에서 얼마 만에 들어보는 라디오인가. 아니, 라디오 없이 산 게 몇년인가. 어젯밤 오랜만에 틀어보던 라디오를 눈 뜨자마자 다시 틀었다. 지난 주말 순천만 정원 공동체 라디오 방송에 갔다가 얻어온 라디오. '삐노'라고 이름을 지어줬다가 '라삐'로 이름을 바꿔보았다. 라삐야, 이름이 맘에 드니?

어제는 쉴 새 없이 조잘대는 라삐와 함께 옥수수를 심었다. 꼭 먹으려는 것은 아니고, 옥수수의 시원시원한 초록을 늦게까지 느끼고 싶은 욕심에 텃밭에도 심고 마당가에도 심고 뒤란에도 심었다. 옥수숫대는 아침 공기와도 초저녁 별과도 썩 잘 어울린다.

 라삐는 나를 따라나와 열무고랑에도 앉아보고 샤스타데이지꽃밭에도 앉아보았다. 보라색 붓꽃을 올려다보는가 싶더니 상추밭에도 들어가보고 도라지밭에도 들어가보았다. 라삐는 떫은 연두를 펴는 감나무에 올라서도 떠들어댔고 버찌가 익어가는 산벚나무에 올라서도 쫑알쫑알 떠들어댔다. 마당가에 쌓아올린 돌탑에 올라서는 목소리를 가다듬어, 나와 상관없는 도심의 교통상황을 전해주기도 했다.

　얼마 전에는 박새가 이팝나무 아래 빨강 우체통에 둥지를 틀었다. 처음엔 어떤 사람이 우체통에 풀을 한줌 집어넣은 줄 알았는데, 자세히 들여다보니 새집이었다. 다름 아닌 박새네 집이었다. 나는 급히 편지부터 써야 했다. 여태 한번도 써본 적 없는, 우체부 아저씨께 보내는 편지였다. 우편물을 우체통에 넣지 말아달라는 짧은 글을 요새 우리 집 우편 담당인 천수 아저씨께 보냈다. 박새는 하얀 이팝나무꽃이 백그릇쯤 퍼졌을 때 알을 낳았다.
　박새는 까만 눈이 매력적이다. 박새와 눈이 딱 마주쳤을 때 끔쩍도 하지 않고 알을 품는 어미 박새를 보고 알게 되었다. 저리 좀 가줄래?
　박새가 우체통에 둥지를 튼 뒤로는 해 질 무렵이면 우리 집 마당으로 와서 어슬렁거리는 고양이 무리에게 꽁치 통조림이나 고등어 통조림을 더이상 내주지 않았다. 아침마다 번갈아가며 나를 깨우러 오는 까치떼와 물까치떼도 서둘러 강변으로 내보냈다.

박새네 집 옆에 얼마 전 '희망 촛불'에서 받아온 '희망 씨앗'을 심어주었다. 벽화동아리 '새봄' 식구들이 정읍우체국 앞에서 나눠주던 씨앗이다. 부디 백일 천일 살아 있으라, 고심 끝에 골라온 백일홍 씨앗을 우체통 옆에 심었다. 박새는 안산에 조문 갔을 때 따라온 '노랑나비' 리본도 싫어하지 않는 눈치였다.

"아빠, 라삐가 좋아, 내가 좋아?"

라삐를 딸애에게 빼앗길 것만 같던 어젯밤의 불길한 예감이 기분 좋게 적중했다. 사랑이란 내게 꼭 필요한 것을 아낌없이 내주는 것이므로 오늘부터 이 라삐는 내 라삐가 아니다. 내일은 새 라디오를 사러 전파사에 가야겠다.

규연이의
그림 일기

규연이는 우리 딸애다. 규연이의 그림일기로 기억되는 작은 일
상들이 요즘 더욱 소중하게 느껴진다. 여기에 우리 모두가 잊지
말아야 할 기억이 있기도 할 것이다. 딸애의 그림일기를 훔쳐다
몇자 보탠다.

딸애는 서너살 무렵, 수박을 제일 좋아했다.

"아빠가 좋아 수박이 좋아?"

"슈박(수박)!"

"엄마가 좋아 수박이 좋아?"

"슈박(수박)!"

"엄마가 좋아 아빠가 좋아?

"슈박(수박)!

언젠가 이런 대화도 나눴다.

"구름하고 바람하고 싸우면 누가 이길까?"
"싸우면 안돼."

"개미하고 코끼리하고 싸우면 누가 이길까?"
"싸우면 안돼."

"호랑이하고 도깨비하고 싸우면 누가 이길까?"
"아빠도 참, 싸우면 안된다니까! 아빠하고 나하고 싸우면 좋아?"

"어, 이건 세월호 언니 오빠들 그린 거야?"

"그건 아냐. 보물섬에 보물 찾으러 가는 거 그린 거야. 그치만 노란 리본 생각나서 좀 슬퍼."

자두나무
총각,
대혁 씨

대혁 씨는 우리 마을의 유일한 총각이다. 스물두어살 무렵, 강물이 훤히 내려다보이는 마을 입구 정류장 옆에 자두나무를 심은 총각이다. 이 마을에서 나고 자란 마흔여섯살 총각 대혁 씨는 자두나무 정류장 몇발치 옆에서 매운탕집을 한다. 여태껏 면 소재지에조차 노래방 하나, 짜장면 집 하나 없는 이곳을 대혁 씨는 떠난 적 없다. 대혁 씨는 근사한 펜션도 운영하고 틈틈이 농사도 짓는다. 대혁 씨가 끓여내는 민물매운탕과 닭매운탕은 언제 먹어도 맛있다. 두어달 전부터 '짱'이라는 여자가 일하러 오게 되면서 대혁 씨는 전에 없던 활기를 찾기도 했다.

순박하고도 부지런한 '자두나무 총각' 대혁 씨가 사는 이 마을
에 내가 터를 잡은 건 2006년이다.

　우리 집 수도가 터져 책이 다 젖고 있을 때 멍키스패너를 들고
와 수도꼭지를 갈아준 건 대혁 씨였다. 누전으로 전기가 나가 아
무리 누전차단기를 올려도 말을 듣지 않을 때 전기가 들어오게
해준 이도 대혁 씨였다. 흙바닥에 돌만 놓고 올린 내 컨테이너 집
이 기울어졌을 때 귀퉁이마다 돌을 괴어주고 시멘트를 단단히
발라준 이도, 타일이 깨진 화장실 바닥을 수리하고 세면대 배관
을 다시 해준 이도, 세번이나 얼어터진 변기를 갈아준 이도 대혁
씨였다.

　버려진 양철조각을 오려 우체통을 만들어준 이도, 헌 집 헐 때
나온 기둥과 마룻장으로 책상을 짜준 이도, 내가 닭을 키우고 싶
다 했을 때 닭장을 내어주고 슬레이트 지붕을 새로 올려준
이도 대혁 씨다. 벌이 내 집을 차지했을 때 벌집을 제거해
준 이도 역시나, 자두나무 총각이었다.

대혁 씨는 휑한 우리 집 마당 입구에 내가 좋아하는 이팝나무를 심어주었고 개울가 쪽 마당에는 박형준 시인 같은 산수유나무를 심어주었다. 손택수 시인 같은 화살나무는 수돗가 옆에 심어주었고, 장철문 시인 같은 산벚나무는 돌담 아래에 심어주었다. 대혁 씨는 소나무도 심어주었고 오갈피나무도 심어주었다. 바깥 수도 옆에는 빨래판 같은 돌도 박아주었고, 내가 들 때는 꿈적도 않던 넓적돌을 번쩍번쩍 들어올려 방 앞에 디딤돌을 두개나 놓아주었다.

　　나는 그런 대혁 씨를 좋아하지 않을 수 없어 대혁 씨가 가는 곳이면 어디든 따라나서곤 했다. 피라미를 잡으러 갈 때도 따라나섰고, 은어를 잡으러 갈 때도 조무래기처럼 따라나섰다. 더덕을 캐고 두릅을 꺾으러 산에 오를 때는 내가 더 신이 나 있었고 염소를 매러 강가로 나설 때는 동요가 절로 나왔다. 대혁 씨를 따라가 대파 모종을 할 때나, 고추밭에서 고추포대를 경운기에 옮겨 실을 땐 건강한 땀을 같이 흘려보기도 했다.

어제는 대혁 씨의 생일이었다. 저녁이 되자 인근에 사는 대혁 씨 친구들이 대혁 씨네 집으로 모여들었다. 대혁 씨만 빼고 모두 아빠들이었다. 축하음식에는 낯선 요리도 놓여 있었다. 나는 이미 상추와 풋고추로 이른 저녁을 먹은 터였지만 '짱'이 요리했다는 베트남식 밥과 베트남식 훈제오리에 자꾸 손이 갔다. 아무래도 내 입맛에는 베트남이나 캄보디아 같은 나라의 음식이 딱 맞는다. 세해 전, 베트남과 캄보디아에 갔을 때는 고향에 온 것처럼 마음이 편하기도 했다. 심지어 캄보디아에서는 내게 길을 물어보는 이도 있었다. 그래서일까, 내가 좋아하는 바다 건너 나라에서 우리나라로 일하러 왔다는 '짱'이 친근하기만 하다. 한데 얼라리요, 자두나무 총각 대혁 씨랑 마음도 짱인 베트남 처녀 '짱'이 다정히 앉아 생일축하 촛불을 같이 끈다.

전동차
타고 달리는
고양이,
동한이

　동한이는 늘 빠르다. 그렇지만 오늘은 내가 십분이나 일찍 나
섰으니 내가 더 빠르겠지? 그런데 약속장소에 도착해보니 동한
이는 벌써 와 있다. 전동차를 얼마나 빠르게 몰고 왔는지 두 다리
는 아직 도착하지도 않았고, 얼마나 서둘러 나왔는지 사진을 찍
기로 했는데도 오른팔조차 챙겨오지 않았다.

　시화전이 열리는 녹두광장에 일찌감치 도착한 동한이는 여유
롭게 아이스커피를 마시며 후배들이 준비한 시와 그림을 감상하
고 있다. 동한아, 안녕?

'걷는 발' 대신 전동 휠체어로 다니는 동한이는 원래 축구선수였다. 초등학교 5학년 때부터 고등학교 1학년 때까지 선수생활을 했다. 그런데 2학년이 되기 얼마 전, 훈련을 마치고 잠깐 외출을 했다가 합숙소로 들어가는데 온몸이 오슬오슬 떨려왔다. 바깥바람을 쐬서 그런가? 동한이는 한숨 자고 일어나면 괜찮아질 거라 여기고 감기약까지 챙겨 먹었다. 그랬지만 움직일 수 없을 정도로 몸은 점점 무거워졌다. 작은 병원에 갔더니 큰 병원에 가보라고만 했다. 의식을 잃은 동한이가 정신을 차렸을 때는 이미 중환자실이었고 온몸에는 붕대가 친친 감겨 있었다.

급성 뇌수막 패혈증이라고 했다. 피가 제대로 돌지 않아 심장에서 먼 팔과 다리가 먼저 녹아들어갔다. 동한이는 입원 후 한달여 만에 두 다리와 두 팔을 놓아주어야만 했다. 몸을 두고 간 다리와 팔은 어디에 있을까. 동한이는 앉을 수조차 없어 앉는 연습을 하면서도 수시로 팔과 다리가 있는 것만 같은 환상수족에 시달려야 했다. 하지만 지금 동한이는 말한다.

"미래가 아프지 과거는 아프지 않아요."

동한이는 팔목관절에 끼워넣은 왼팔로 밥도 먹고 시도 쓴다. 없는 왼팔이 하는 일을 오른팔이 알든 말든 왼팔로 책장도 넘기고 오줌도 턴다. 전동 휠체어 조종도 팔목관절에 끼워넣은 왼팔의 몫이다.

스물셋에 문창과에 입학한 동한이는 어느새 스물아홉살이 되었고, 지금은 대학원에서 시를 전공하고 있다. 아직 당선통보는 받지 못했지만 신춘문예 최종심에 진즉 이름을 올린 수재이기도 하다. 학부 때에는 어깨가 으쓱해질 만한 시문학상도 여러번 받았다. 동한이는 이미 온몸으로 시를 하는 시인임에 틀림없다. 그렇다고 해도 동한이를 '장애를 극복한 시인'으로 바라봐서는 안된다. 동한이는 그저 '시를 쓰는 동한이'로만 바라봐야 한다.

　　전동차를 타고 달리는 고양이 같은 동한이는 언제나 바쁘다. 도의회 정책 모니터링 아르바이트도 해야 하고, 작고 예쁜 공연을 기획해서 올리는 봉사활동도 해야 한다. 도서관으로 가서 자료조사도 해야 하고, 까페에 들러 책도 읽어야 한다. 영화관에서 호사를 누리는 것도 잠깐, 어느새 동한이는 전주 남부시장 청년몰에서 젊은 창업자 형들과 누나들을 응원하느라 바쁘다. 그러다가는 집으로 돌아와 밤늦도록 시를 앓는다. 어쩌면 동한이의 손과 발은 이렇게 바쁠 줄 알고 서둘러 동한이의 몸을 벗어났는지도 모른다.

　　방학을 맞은 문청들이 선운사 근처에 저렴한 방을 구해놓고 며칠 동안 시를 궁리하던 때였다.

계단 아래에 있는 방으로 동한이를 업고 내려가던 후배 윤일이가 비척비척하더니 그만 계단 끝에서 풀썩 주저앉고 말았다. 일순간 앞으로 몸이 쏠린 동한이가 고꾸라지는가 싶더니, 고양이처럼 날렵하게 방 안으로 굴러 들어갔다. 하지만 그사이 팔이 빠져, 빠진 팔이 저만치로 데굴데굴 굴러갔다. 놀란 눈들이 그대로 멈춰졌을 때, 동한이는 태연하게 엉덩이로 걷기 시작했다. 엉덩이로 팔을 향해 걸어가더니 몸을 연필처럼 눕혀 팔 없는 팔에, 팔을 끼워 넣었다. 팔 없는 팔로, 팔을 끼워 넣었다.

"형, 괜찮아?"

동한이가 킥킥 웃으며 대답했다.

"응, 괜찮아. 원래 팔은 꼈다 뺐다 하는 거야."

"미래가 아프지
과거는 아프지 않아요."

　점례 엄니는 내 친구다. 원래는 점례가 내 친구지만, 지금은 점
례도 내 친구고 점례 엄니도 내 친구다. 점례는 멀리 있어 일년에
한번 볼까 말까한 친구고, 점례 엄니는 거의 매일 보는 내 친구
다. 친구는 친구이지만 나이 차가 있는 친구여서, 나는 점례 엄니
를 '엄니'라 부르고 점례 엄니는 나를 '아들'이라 부른다.

　"핫따 엄니, 비 온디 꽃맨치로 이쁘게 허고 어디 간다요?"

　"어어, 회관 쪽이서 소리가 낭게 심심혀서 가볼라고."

　"아참, 엄니 사진 한방 박어야 쓰겄는디. 잠깐만 기다리쇼잉."

　"하이고, 시상 물째게 생겼는디 뭔 사진을 박는다고 근다냐, 아
들."

학교에 가려던 나는 자동차 트렁크 쪽으로 뛰어가서 카메라를 꺼내온다. 대강 노출을 조절하고 카메라 들이미니 점례 엄니는 우산을 뒤로 젖히고 환하게 웃어준다. 사진 안 찍으신다더니 우산까지 뒤로 젖혀주는 쎈스라니.

"하따매, 울 엄니 포즈 보소. 모델들 싹 자빠져버리겠는디요."

찰칵찰칵, 사진을 찍다보니 점례 엄니 목에 파란색 운동화 끈 같은 것이 걸려 있다. 끈은 셔츠 안쪽으로 들어가 있고, 셔츠 단추는 단정하게도 채워져 있다.

"엄니, 근디 목에 건 거슨 뭐시다요? 뭐여, 나이킨디?"

"뭐시긴 뭐시여. 딱 보면 알제."

목에 걸린 건 다름 아닌 휴대전화 줄이었다. 휴대전화가 비에 젖을까봐 줄에 걸어 셔츠 속에 넣고 단추까지 단단히 여며둔 것.

두어주 전이었다. 잠을 자고 있는데 누군가 아침부터 내 방문을 열고 들어왔다. 점례 엄니였다. 휴대전화를 잃어버렸는데 아무리 해봐도 찾을 방도가 없으니 '똑똑새 아들'이 해결책을 내놓으라고 했다. 점례가 분명 휴대전화를 개통해서 보내준다고 했는데, 여직 오지 않으니 '폭폭혀 죽겄응께' 어떻게 되었는지 자초지종을 알아보라고도 했다. 점례 말은 통 알아들을 수 없단다.

"점례한티는 언제 얘기했는디요?"

"어저끄 아적참에……"

문제는 다음 날 자동으로 해결되었지만, 점례 엄니는 그다음 날 아침에 또 나를 찾아왔다. 손에는 금방 뜯은 상추가 오복하니 들려 있었다. 예쁜 애호박도 한덩이 딸려 왔다.

　점례 엄니는 1937년생 소띠다. 원래 이름은 '김보숙'인데, 점례 네 아버지가 점례 어머니를 보쌈하듯 데려오면서 '김순례'로 이름을 바꿔 자기 이름 옆에다 떡하니 올렸다. 그래서 김보숙은 혼인신고를 한 순간부터 김순례가 되었다. 평생 호강시켜주겠다던 남편은 인호 인덕 점순 점례 철호 순이 인수 이렇게 사남 삼녀 칠남매를 남겨놓고 세상을 떴다.

　"막내 인수가 지우 니살이었당께."

　마흔셋에 혼자가 된 점례 엄니는 잎담배 키우고 누에 치고 고추 따서 남한테 아쉬운 소리 안하고 칠남매를 번듯하게 키워 시집 장가 보냈다.

얼마 전에는 큰아들 인호가 다녀갔고 엊그제는 미국에 사는 큰
딸 점순이가 다녀갔다. 이제는 효자 효녀 자식들 지청구 덕에 큰
농사는 놓았지만, 그렇다고 농사를 아주 놓은 것은 아니다. 자식
들 몰래 농사 지어 '찬지름'이라도 짜줘야 사는 것 같기 때문이
다. 철창을 둘러놓은 것 같은 아파트에서는 단 하루도 못 살 것
같다는 점례 엄니. 내게 취나물을 뜯어다 주려다가 손가락을 베
이기도 했던 내 친구 점례 엄니. 허청허청, 마을회관으로 가는 점
례 엄니의 뒷모습을 몇컷 더 담으려는데 그새 알아보고는 뒤돌
아서서 손 흔들어준다.

"엄니 뒷모습 찍을라고 그랑께 손 흔들지 말고 그냥 가시랑께
요."

"하이고, 시상 물짜게 생겼는디
　뭔 사진을 박는다고
　근다냐, 아들."

110

잊지
않을게요,
사랑으로!

　세월호 촛불에서 받아온 백일홍 씨앗을 지난 어버이날에 심었
다. 어느새 그 백일홍이 세월호 참사 백일에 맞춰 꽃망울을 밀어
올리고 있다. 하지만 여직 세월호 참사 진상규명은커녕 세월호
특별법 제정조차도 표류 중이다.*

　오죽 답답하면 길을 나섰겠는가. 두 아빠가 걷고 있다. 아직 피
어보지도 못한 꽃 같은 아이들을 세월호 참사로 먼저 보낸 승현
이 아빠 호진 씨와 웅기 아빠 학일 씨는 지금 십자가를 메고 순례

* 2014년 7월 22일 창문 엽서

중이다. 승현이 누나 아름 씨도 함께하고 있다. 이들은 지난 7월 8일 단원고에서 출발한 순례길에 올랐다. 팽목항을 거쳐 오는 8월 15일 대전에 닿을 예정이다. 대전에서 교황이 집전하는 미사에 참석해 천구백리 길을 메고 걸은 십자가를 전달할 계획이다.[*]

지난 토요일 오후, 부안을 지나는 두 아빠의 순례에 동참해 몇 걸음 보태고 왔다. 노란 리본이 달린 십자가를 멘 웅기 아빠 학일 씨와 '하늘에 있는 승현에게/다음엔 더 좋은 세상에 태어나길'이라는 글귀를 목에 건 승현이 아빠 호진 씨가 맨 앞쪽에서 길을 밀고 나가고 있었다. '하루속히 가족 품으로' '특별법 제정 진상규명' '기도하는 마음으로 끝까지 함께'라는 깃발이 그 뒤를 이었다. 행렬의 가운데에는 뜻을 함께하기 위해 모인 수많은 사람들이 앞서거니 뒤서거니 하면서 함께 걸었다. 내 앞에 있던 한 아빠는 초등학생 딸의 손을 어찌나 꼭 잡고 걷던지…… '세월호 잊지 않겠습니다'라고 쓰인 깃발은 순례단 후미에서 뒤쳐진 걸음과 안전을 보듬었다.
김제 신용마을에서 출발한 이날의 순례는 부안 신흥마을 입구에서 마무리되었다. 지친 기색이 역력한 승현이 아빠 호진 씨는

---

[*] 2014년 8월 14일~18일 프란치스코 교황이 한국을 방문했다. 순례단은 38일 간의 순례를 마치고 예정대로 교황에게 십자가를 전달했다.

마을 표지석 앞에 몸을 부렸다. 신발 끈을 풀고 숨을 골랐다. 목에 걸린 수건을 끌어올려 검게 탄 얼굴과 뒷목을 닦았다. 입가에는 수건으로도 닦이지 않은 마른 침이 희게 붙어 있었다. 좀처럼 얼굴을 들지 않던 승현이 아빠 호진 씨는 고개를 들어 먼 곳을 바라보기도 하면서, 발끝을 주물렀다.

순례에 동참한 사람들은 손을 맞잡고 큰 동그라미를 그렸다. 해바라기의 「사랑으로」를 함께 부르는 것으로 하루치의 순례일정에 동그라미를 칠 거였다. 큰 동그라미 안에 있던 승현이 아빠 호진 씨가 벗었던 운동화를 다시 신을 때였다. 동그라미를 풀고 나온 한 수녀님이 몸을 낮춰 승현이 아빠 앞에 바짝 다가앉았다. 수녀님은 능숙한 손놀림으로 풀린 운동화 끈을 정성껏 묶어줬다. 수녀님은 오른쪽 운동화 끈을 먼저 매듭지어주고는 조금 더 당겨앉아 왼쪽 운동화 끈을 단단히 조여줬다. 그러곤 가볍게 승현이 아빠를 보듬어주었다. 땀범벅의 몸이 땀범벅의 몸을 토닥일 때, 두사람의 눈 속에는 청미래덩굴 열매가 붉게 맺히기도 했던가. 아무 말도 하지 않는 것으로 예의를 다하던 나는 조심스레 수녀님의 성함을 여쭤보았다. 윤해영 수녀님이라고 했다.

그날 동행한 김정경 시인과 나는 오던 길을 다시 걸어서 차를 두고 온 곳까지 되돌아가기로 했다. 오후 걸음이라도 보태자고 동참했지만 그나마도 길을 헤매느라 늦게 합류했기 때문에 몇걸음 보태지 못해 되돌아가는 걸음으로나마 벌충하자는 것이었다. 시인과 나는 출발지점 쪽으로 운행한다는 봉사차량에 부러 오르지 않고 서둘러 길을 나섰다. 한 이십분쯤 걸었을까. 뒤쪽에서 오던 차 한대가 우리 옆에 멈춰 섰다. 부안에 있는 성당 버스였다. 차 안에는 함께 걸었던 사람들이 타고 있었다. 조심스러워서 말 한마디 나누지 못했지만 우릴 알아보고 멈춰 서주는 마음이 고마웠다.

그 마음까지도 '잊지 않겠습니다.'

팽나무집,
진섭이 형님

　진섭이 형님 집 앞에는 늙었지만 아주 늙지는 않은 팽나무가 한그루 있다. 소쩍새가 와서 울고 가고 딱따구리가 와서 쪼고 가고 참새떼가 우르르 몰려왔다 몰려가는 이 늙은 팽나무 밑에는 작은 정자가 하나 있다. 팽나무 정자 앞으로는 작은 개울이 흐르고 개울 안쪽으로는 개울을 따라 지나는 외길이 하나 있다. 내가 이 길을 따라 마을로 들어서면 진섭이 형님은 언제나 팽나무 정자에 무념무상 앉아 있다가 반갑게 맞아주고는 한다.

　돌담길 팽나무집에 사는 진섭이 형님은 원래 시인을 꿈꾸던 청년이었다. 안도현 시인의 각별한 친구이기도 한 진섭이 형님은 한때 시에 발을 담그기도 했다. 하지만 '시를 썼다가는 가난에서 벗어나지 못한다'는 친척 어른의 고언을 듣고는 시의 피를 식히기 위해 객지를 떠돌았다. 중국집 배달원으로 스티로폼 공장과 편물공장 '시다'로 살며 청춘을 아낌없이 보냈다. 강원도 태백 탄광촌 광부가 되어 또다른 삶의 출구를 찾아보기도 했다. 그러다가 충북 제천과 단양에 있는 공사현장에서 목수 일을 배웠다. 운 좋게 부잣집 딸인 지금의 형수님을 만나 타관생활을 정리하고 고향으로 돌아왔다.

팽나무집으로 돌아온 진섭이 형님은 부모님을 모시며 틈틈이 농사일을 거들었다. 노동현장에서 배운 목수 일로 마을회관도 짓고 일반 가정집도 지으며 기반을 잡아갔다. 진섭이 형님 집 뒤란에는 짱짱하게 지어진 비닐하우스가 한동 있는데, 이 안은 건설현장에서 쓰이는 공구들과 흙투성이 농기구들로 가득 채워져 있다.

김숙희(52) 형수님을 살뜰히 사랑하는 정진섭(56) 형님은 고등학교 2학년인 가을이(18)와 중학교 1학년인 겨울이(14)의 딸바보 아빠다. 가을이는 가을에 태어나고 겨울이는 겨울에 태어났을까? 그건 아니다. 딸이든 아들이든 자식을 낳으면 무조건 자기가 제일 좋아하는 계절이자 가장 좋아하는 말인 '가을'과 '겨울'이라는 이름을 지어주리라 진즉에 마음을 먹었고 그것을 실행에 옮겼다. 다행히 가을이는 벼가 익어가는 들판처럼 속이 깊게 차 있고 겨울이는 겨울밤 아랫목처럼 속마음이 따뜻하다.

못하는 게 없을 것 같은 진섭이 형님. 진섭이 형님이 무시무시한 말벌떼를 보호 장구 하나 없이 퇴치할 때는 재난구조대 특수대원 같고 사료 안 먹이고 키운 토종닭을 돌담 아래서 삶아낼 때는 중후한 한식 요리사 같다.

나무 이름이며 약초 이름을 단방에 구분해낼 때는 숲해설가 같기도 하고 한약사 같기도 하다. 땀을 뻘뻘 흘리며 함께 걷다가 찐달걀이나 땅콩 같은 걸 무심히 꺼내놓을 땐 속 깊은 영양사 같기도 하고 어쩌다 좋은 시에 대해서 자분자분 얘기할 때는 문예창작학과 교수 같기도 하다.

언제나 말보다는 몸이 앞서는 진섭이 형님은 세월호 참사 이후에는 차를 버려두고 '세월호 자전거'를 타고 다닌다. 자전거에 '가만히 있지 않겠다!'와 '구조 0명 진상을 밝혀라!'라는 글귀를 크게 써서 붙이고는 아침저녁으로 시간을 내서 면 소재지 일대를 천천히 돈다. 논밭에 갈 때도 장에 갈 때도 면사무소에 갈 때도 세월호 자전거를 타고 다니며 옥수수 이파리처럼 시퍼런 시간을 시퍼렇게 감아간다. 진섭이 형님은 그렇게 몸으로 아픈 시를 살아가고 있다.

진섭이 형님은 그렇게
몸으로 아픈 시를
살아가고 있다.

"아아, 주민 여러분께 알려드리겠습니다. 오늘은 모정 페인트
칠을 하니까, 남자들은 모정으로 나와주시기 바랍니다."

아침 일곱시 이장님 방송이 마을을 깨운다.

하지만 마을 부녀회에서도 모르는 체할 수 없어 두어분 나오셨
다. 전 이장님은 페인트칠에 여념이 없고, 이마에 머리끈을 질끈
돌려감은 용기 양반은 그새 입이 심심하다.

"옥자떡, 화장하고 왔능가?"

"해장부텀 먼 화장이여. 누구 떠 주글 일 있간디."

"그려, 잘 되야부렀구마이. 요것을 발라불먼 한 십년은 화장 안

혀도 되는디. 워쩔랑가?"

　페인트칠 감독하는 전 노인회장님과 현 이장님의 포스!
　'어이, 뺑기칠을 요로코롬바끼 못허것능가. 영, 션찮은디' 하는
표정의 전 노인회장님.
　"한마디 안헐래야 안헐 수가 없구마이."
　페인트 삼총사를 찬찬히 보고 있던 이장님, 드디어 간섭 들어
간다.
　"바우야, 심주서 한번에 헐라 말고, 심 빼고 살살 여러번에 발
르란 말여!"
　"하따, 자꾸 심이 들어간당게요."
　"자우지간에 심은 애꼈다가 해 떨어지면 집이 가서 쓰고!"
　페인트 삼총사 중 전 이장님만 여전히 진지하고, 바우 성님과
현수 양반은 신이 났다.
　"음음, 전관예우라는 것이 있는디, 나까정 야코를 콱 죽이부
네."
　"핀잔을 듣든 말든, 일은 재미나게 허는 거여. 안 긍가, 시인 동
상?"

　나는 기술이 없다는 이유로 붓은 잡아보지도 못하고 빗자루질
과 '잔신바람'만 하다가 옆 면 소재지 순댓집에 가서 곱창 조금

"어이, 뺑기칠을
요로코롬바끼 못허겄능가.
영, 션찮은디"

"핀잔을 듣든 말든,
일은 재미나게 허는 거여.
안 긍가?"

끓고 목 축일 것 좀 받아다 넣어드리고 집에 오니, 범부채꽃이 한
창인 이팝나무 우체국에 '옥수수 편지'가 와 있다.

"저번참에 차 태와줘서 고마워잉."
—— 남안떡(남원댁, 83)

콩나물처럼,
김종대와
엄군자

  종대 군과 군자 양은 천안에 위치한 직원 오백여명 규모의 전자회사에 다니고 있었다. 종대 군의 눈에는 여자 직원 삼백여명 중에 오직 군자 양만이 눈에 들어왔다. 군자 양에게 첫눈에 반한 종대 군은 틈만 나면 유부남 형님들에게 연애에 대한 조언을 구했다. 종대 군은 이윽고 군자 양을 사원아파트 옥상에서 만날 수 있게 되었고 본격적인 데이트를 시작했다. 그러던 어느날, 평택에 가서 영화 「브레이브 하트」를 보고 돌아오는 길에 종대 군은 군자 양에게 기습 뽀뽀를 강행했다. 얼떨결에 뽀뽀를 당한 군자 양은 말했다.
  "아이 더러워."

실의에 빠져 있던 어느날 종대 군은 군자 양에게서 뜻밖에도 허리띠를 생일선물로 받았다. 자신감을 회복한 종대 군은 삐삐를 사서 군자 양의 잘록한 허리에 채워줬다. 어떻게 해서든 군자 양과의 결혼에 성공해 고향에 내려가 살 궁리를 하던 종대 군이 절호의 기회를 잡은 건 천안터미널에서였다. 종대 군은 부모님이 계시는 전북 정읍으로, 군자 양은 고향인 경북 영주로 내려가기 위해 제각기 터미널 대합실에 나와 있던 차였다. 종대 군은 정읍으로 가는 표를 두장 끊었다. 그러고는 군자 양의 가방을 뺏어 안고 정읍행 버스에 올랐다. 당황한 군자 양은 가방을 찾으러 버스에 올랐고 버스는 곧 종대 군의 부모님이 계시는 고향으로 출발했다.

내 친구 김종대(44)는 엄군자(42)와 1998년에 그렇게 결혼했다. 그때 종대는 스물여덟이었고, 그의 아내는 스물여섯이었다. 초등학교 때부터 종대는 여간해서는 일등을 놓치지 않았다. 면소재지에 있는 중학교에 갈 때도 반 편성 배치고사에서 일등을 했다. 그러더니 지금은 일등 콩나물을 키우고 있다. 종대네 아이들 승수(16), 승민(13), 태엽(10)도 콩나물처럼 쑥쑥 자라고 있다.

이천년대 초반의 일이다. 상수원 보호지역인 고향에서 콩나물을 키워 납품하던 종대는 일억 가까운 돈을 날렸다. 매달 마트에 외상 콩나물을 댔는데 마트가 망하자 사장이 '나 몰라라' 했다. '다음 달에 줄게'라는 말만 믿고 콩나물을 납품했으나 사장은 '배 째라' 식으로 나왔다. 종대는 당장 콩을 살 돈도 떨어졌다. 아무리 끙끙 앓아도 돈을 받아낼 방법이 보이지 않았다. 밤마다 불면증에 시달려야 했고 원형탈모증까지 왔다. 그 어떤 일도 손에 잡히지 않았다. '이러다 내가 죽겠다' 싶어 종대는 마음을 바꿔먹기로 했다. '받는 것 보다 버는 게 빠르다' 마음먹고 두 주먹을 불끈 쥐었다. 그뒤로 마음이 거짓말처럼 편해졌고 원형탈모증도 사라졌다.

종대는 매일 새벽 세시에 일어난다. 새벽 네시까지 일터로 출근해 인근 지역을 돌며 콩나물을 납품한다. 배달 마치고 밥 먹고 돌아오면 오후 두시다. 콩을 고르고 콩을 불리고 불린 콩을 나누고, 거꾸로 키운 콩나물을 씻어 포장해 납품하는 일이 매일 반복된다. 종대는 일년에 겨우 이삼일 쉰다. 명절 당일 하루만 배달을 안 나간다.

종대는 아내와의 사랑도
여전히 쑥쑥 잘 키운다.

매달 삼십여 톤의 콩나물을 납품하는 종대는 아내와의 사랑도 여전히 쑥쑥 잘 키운다. 종대는 일터에서도 언제나 아내와 함께 있고 바깥에서도 늘 붙어 다닌다. 종대 부부와 인근 정자에서 사진을 찍기로 한 날 오후, 몇장 찍지도 않았는데 빗방울이 자꾸만 굵어졌다. 날까지 어두워지기 시작해 사진은 다음 날 다시 찍기로 했지만 빗속을 달리는 부부의 모습이 마냥 아름다워 셔터를 누르지 않을 수 없었다.

사내마을
열살 소년,
가윤이

　　사내마을에 사는 열살 소년 가윤이는 면 소재지에 있는 초등
학교에 다닌다. 전교생이 스물두명밖에 안되는 작은 학교이긴
하지만 다행히 가윤이가 속해 있는 3학년은 학생이 다섯명이나
된다. 아쉬운 점이 있다면 다섯명 중에 네명이 남자아이고 한명
만 여자아이라는 것이다. 2학년 올라갈 때만 해도 여자아이가 둘
이나 되었지만 2학기 때 한 친구가 전학을 가서 이제 여자아이는
딸랑 한명뿐이다.
　　가윤이는 자전거를 잘 탄다. 3학년이 되면서 보조바퀴를 뗀 자
전거를 아빠한테서 삼십분 만에 배웠다. 엄마 아빠가 밭에 일하
러 갈 때 자전거를 타고 놀면 덜 심심하단다.

"가윤아, 젤 하고 싶은 게 뭐야?"

"숨바꼭질요. 그치만 숨바꼭질할 사람이 없어요."

가윤이네 동네에는 가윤이 말고는 유치원생도 없고, 초등학생도 없고, 중학생도 없고, 고등학생도 없다.

가윤이의 용돈은 한달에 이만원이다. 작년까지는 만원이었는데 3학년이 되면서 만원이나 더 올랐다. 가윤이는 용돈을 받으면 무얼 할까? 사 먹고 싶은 것도 많고 사고 싶은 것도 많지만 가윤이가 사는 동네에는 그 흔한 점방도 없다. 아무리 면 소재지여도 문방구도 없고 분식집도 없다. 가윤이는 용돈 전액을 저금한다.

물론 학교 근처에는 슈퍼가 두개나 있고 농협마트도 하나 있지만 안타깝게도(?) 가윤이는 학교 버스를 타고 학교와 집을 오가다보니 중간에 내릴 수가 없다. 그 때문에 좀처럼 용돈을 쓸 기회가 오지 않는다.

"쉬는 시간이나 방과후 수업 때 얼른 뛰어갔다 오면 되잖아?"

"딱 한번 그런 적이 있었는데요, 학교 나가다가 걸려서 사 먹지도 못하고 혼만 났어요."

"그럼, 저금하러 갈 때 까먹으면 되지?"

"저금은…… 엄마한테도 하고 아빠한테도 해요."

(뭣이라? 소년이여, 엄마 아빠한테 하는 저금은 저금이 아니라네.)

"가윤이는 꿈이 뭐야?"

"요리사요."

"와, 멋진걸! 그럼, 어떤 요리사가 될 거야?"

"호텔에서 길게 깔아놓는 요리사요."

"흠…… 길게 깔아놓는 요리사라…… 아, 호텔 뷔페요리 같은 거 만드는 사람?"

"맞아요!"

가윤이는 동화책보다 엄마가 보는 요리책이 더 재미있다고 한다. 할 수 있는 요리도 엄청나게 많단다. 김치찌개도 끓일 수 있고, 김밥도 말 수 있고, 쏘시지를 넣고 하는 달걀프라이도 만들 줄 안단다.

"물을 여기까지 오게 하고 밥을 하면 된다고 엄마가 알려줬어요."

가윤이는 손등으로 밥물 잡는 법을 정확히 알고 있었다.

"와, 똑똑하다. 그럼, 공부도 잘하겠네?"

"공부는 뭐 거의 잘해요. 다섯명 중에 거의 일등일 걸요? 영어 빼고……"

엄마가 깨우지 않아도 아침 여섯시 전에 일어난다는 가윤이는 지난해까지 방과후 수업으로 오카리나를 배웠다. 지난가을 이맘

때쯤 가윤이네에 놀러 갔다가 오카리나 연주를 들은 적이 있는데, 정말 멋졌다. 지금은 방과후 수업으로 우쿨렐레를 배운다. 가윤이는 훌라후프도 잘한다. 엄마 아빠한테 할 말 없느냐고 물으니 가윤이는 양팔로 하트까지 크게 그려가며 또박또박 큰 소리로 얘기한다.

"엄마 아빠, 사랑해요."

부모님께 열심히 저금도 하는 효자 가윤이와 나는 가윤이네 집 마당에서도, 마을 정자에서도, 마을 길을 걸으면서도, 개울가에 앉아서도 참 많은 이야기를 주고받았다. 그러다가 우리는 친구가 되기로 했고, 친구로서 많은 비밀 얘기도 나누었다. 가윤이는 나의 초등학교 34년 후배지만, 이제 열살 소년 가윤이는 나의 친구다.

"또 만나자, 친구!"

"공부는 뭐 거의 잘해요.
다섯명 중에 거의
일등일 걸요?"

행복해서
행복한,
재원이네

    재원이는 농사일도 하고 농민운동도 하고 정보화마을도 운영
하지만 욕심 없이 사는 내 친구다. 구절초가 아주 지기 전에 재원
이네 가족을 만났다. 허재원(44), 그의 아내 오미정(39), 첫째 지
은(14), 둘째 지수(12), 셋째 지민(8), 넷째 우진(6), 다섯째 연수
(3)까지 모두 일곱이다.

    "내 덕에 아이가 다섯이나 생겼으니까 애들 엄마가 가장 행복
한 사람이야!"

    과연 그렇기만 할까.

    올해 중학생이 된 첫째 지은이는 태어난 지 사십오일 만에 폐

렴에 걸려 입원하는 것으로 존재감을 과시했다. 건강을 회복하고 무럭무럭 자라 네살이 된 지은이는 두살이던 둘째 지수를 태우고 세발자전거를 타다가 돌계단 아래로 구르며 무시무시한 점프력을 선보였다. 지은이는 자전거와 하나가 되어 '최대한 멀리' 굴러갔고, 뒤에 타고 있던 지수는 '최대한 높이' 날아올라 왼쪽 얼굴로 착지했다. 또 동생들을 각별히 아끼는 첫째 지은이는 돌을 사흘 앞둔 셋째 지민이를 유모차에 태우고 가다 넘어졌는데, 그만 폭 고꾸라진 지민이는 떼굴떼굴 굴러 마당 모래로 백일사진을 찍는 신공을 뽐냈다.

넷째 우진이는 네살 때에 컴퓨터 책상에 올라가 슈퍼맨이 되어 나는 놀라운 모습을 보여줬는데, 기막히게 날아오른 우진이의 이마는 그대로 책상 모서리를 향했다. 그러고도 얼마 뒤 우진이는 어린이집에서 다시 한번 슈퍼맨이 되어 전보다 더 정교하게 날았는데, 이번에도 역시 우진이의 이마는 '한치의 오차도 없이' 책상 모서리로 돌진해 네바늘을 추가로 꿰매야 했다.

다섯째 연수는 두살이던 지난해에 아슬아슬 아장아장 걷다가 침대 모서리를 왼쪽 이마로 씩씩하게 들이받는 '박치기' 기술을 선보여 열바늘도 넘게 꿰매야 했다. 그러나 그건 시작에 불과한 기술이었다. 연수는 '실밥 풀기 하루 전날' 다시 한번 '박치기' 신기술을 선보였는데, 역시나 '한치의 오차도 없이' 실밥을 풀어야 할 이마를 사용해 가격하는 정교한 타격감을 보여주었다. 그것도 병원 대부분이 쉬는 일요일을 골라서 말이다.

이런 과거의 웃지 못할 소동들로 이제는 허허 웃는 내 친구 재원이. 하지만 나는 앞으로 더 흐뭇하게 웃을 재원이의 모습이 더 기대되기도 한다. 야무진 오남매의 첫째 지은이는 검사, 대사관, 초등학교 선생님, 수학 선생님, 영어 선생님을 꿈꾸고 있다. 지난해에 미래창조과학부장관상을 받기도 했던 지은이는 1학기 내내 모두 일등을 했고, 얼마 전 치른 2학기 중간고사에서도 탁월한 성적으로 일등을 차지했다. 게다가 매년 광복절에 열리는 '면민의 날 훌라후프 돌리기 대회'에서 초등학교 4학년 이후로 줄곧 우승을 차지해 올해까지 받아온 자전거만 해도 넉대나 된다.

둘째 지수는 운동도 잘하고 배려심도 많고 동생들도 잘 돌본다. 지수 역시 '면민의 날 훌라후프 돌리기 대회'에서 자전거를 두대나 받아왔다. 지난해에는 언니와 초등부 공동 우승을 했

지만, 올해는 경쟁자인 언니가 중학생이 된 덕에 초등부 우승을 쉽게 할 수 있었다. 홀라후프 피구 농구 탁구 발야구 배드민턴 줄넘기 등 온갖 운동이란 운동은 다 좋아하고 잘한다는 지수는 체육 선생님이 되고 싶단다.

셋째 지민이는 피아노 치기를 좋아한다. 달리기도 잘하고 그림도 잘 그리지만, 제일 좋아하고 잘하는 건 피아노 치기다. 지민이는 빠띠시에를 꿈꾸기도 하고 피아니스트를 꿈꾸기도 한다. 공놀이를 좋아하는 넷째 우진이는 축구 선수도 되고 싶고 야구 선수도 되고 싶다며 폴짝폴짝 뛰어다닌다.

매일이 어린이날이고 매일이 어버이날일 것만 같은 재원이네. 다섯째인 세살배기 연수를 대신해 셋째 지민이가 손을 번쩍 들고는 씩씩하게 외친다.

"우리 연수는 의사가 될 거예요. 왜냐면 돌 때 청진기를 잡았거든요."

과거의 웃지 못할 소동들로
이제는 허허 웃는 재원이네.

중학교에 올라간 옥임이는 민규 형네 집에서 자취를 했다. 옥임이가 사는 방 창문은 병희네 집 뒷마당으로 나 있었는데, 어느 날 병희는 창가에서 머리를 빗는 옥임이를 우연히 보게 되었다. 쿵 쿵, 병희는 쿵쾅거리는 심장이 공처럼 튕겨나갈 것만 같아 양손으로 심장을 꽉 움켜쥐었다. 아아, 오오…… 옥임이, 머리를 빗는 옥임이는 교실에서 보던 옥임이가 아니었다. 머리에 핀을 꽂는 옥임이는 양지꽃 같기도 했고 붓꽃 같기도 했다. 아, 아니, 옥임이는 창 안에 핀 금낭화였다.

병희는 민규 형네 집과 아래윗집 사이인 게 새삼 고마웠고, 옥임이네 집이 골짜기 중에서도 골짜기인 것이 여간 고마운 게 아니었다. 병희는 여동생인 은자에게 옥임이와 친하게 지낼 것을 독려했고 다행히 은자는 옥임이를 잘 따랐다. 살가운 은자 덕에 옥임이와도 제법 가까워졌다.

똑 똑 똑, 용기를 낸 병희는 별 총총한 밤에 옥임이를 불러냈다. 하지만 그뿐, 병희는 느티나무 아래에서도 개울가 오솔길에서도 말 한마디 제대로 못하고 집으로 돌아와야 했다. 손을 잡고야 말겠다던 다짐은 바지 주머니 속으로 쏙 들어가 나오지 않았다. 맞다, 편지. 편지가 있었지. 병희는 옥임이에게 편지를 썼다. 하루 이틀 사흘 나흘 닷새…… 한달 두달 세달 네달 다섯달…… 하지만 끝내 답장은 오지 않았다.

옥임이와 병희가 나란히 중학교를 졸업하던 날, 옥임이는 병희에게 뭔가를 내밀었다. 작은 액자였다. 액자에는 '쪽지'가 들어 있었다. 별 내용은 아니었다. 졸업을 축하한다는 말과 답장을 하지 못해 미안하다는 말이 적혀 있었다. 쪽지를 읽던 병희는 예쁜 여자친구도 사귀라는 말에서 잠시 절망했던가. 액자 귀퉁이에는 둥그렇게 오려진 옥임이 사진 한장이 들어 있었다. 여럿이 찍은 사진 중에 '본인 얼굴만 오린' 사진이었다. 병희는 옥임이 사진을 가슴에 가져다대고 눈을 감아보았다. 오오…… 옥임아.

졸업을 한 옥임이는 서울로 올라갔다. 병희는 그날 이후로 옥임이가 준 쪽지를 지갑에 넣고 다녔다. 맨 뒤에 선명하게 '-옥-'이라고 적힌 쪽지. 하도 오래 가지고 다녀서 귀퉁이가 해지고 접혔던 부분이 찢어진 쪽지이지만 보기만 해도 힘이 불끈불끈 솟는 옥임이의 첫 쪽지. 병희는 고등학생이 되어서도 대학생이 되어서도 옥임이가 준 쪽지를 지갑에 넣고 다녔다.

대학에서 경영학을 전공하던 병희는 대학교 3학년 어느날 '아버지 막도장'을 하나 파서 자퇴서에 도장을 찍고는 한국농수산대학 화훼과에 입학했다. 학업에 열중하면서도 캐나다로 유학 간 옥임이에게 지극정성 편지를 썼다.

병희는 대학을 졸업한 뒤 옥임이 자취방이 있던 시골로 돌아와 비닐하우스 네동을 치고 야생화를 기르기 시작했다. 역시나 땀은 거짓말을 하지 않았다. 병희는 첫해부터 야생화를 잘도 길러냈다. 하지만 문제가 터졌다. 이 순정한 청년을 누가 말리랴. 병희는 옥임이가 좋아하는 꽃만 골라 심었던 것. 결국 꽃을 팔 줄 몰라 장사치에게 당하기만 하던 병희는 화훼사업에 매년 일이천만원씩, 그렇게 오년 가까이 날려먹었다. 대학 때도 전액 면제받아 내지 않던 등록금을 '야생화 등록금'으로 내며 세상 사는 공부를 배운 것이다.

정작 본인이 야생화인 줄도 모르고 야생화를 키우고 있는 병희는 양지꽃 붓꽃 금낭화 원추리 꽃잔디 쑥부쟁이 구절초 감국 벌개미취 꽃창포 곰취 같은 꽃을 키우며 살고 있다. 지갑 속에 이십년도 넘게 넣고 다니던 쪽지는 몇년 전부터 야생화 사무실 비밀 서랍 속에 모셔두고 있다. 옥임이에 대한 애정이 식어서가 아니라 더 가지고 다니면 쪽지가 닳아 없어질 것 같아서다.

산골 중학교 동창인 윤병희(41)와 곽옥임(41)은 서른한살에 결혼했고, 둘 사이에는 시연이(9)와 인구(6)가 있다.

지금도 병희는
옥임이의 쪽지를 보기만 해도
힘이 불끈불끈 솟는다.

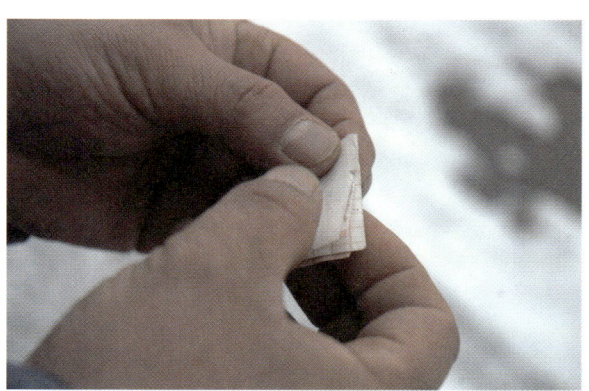

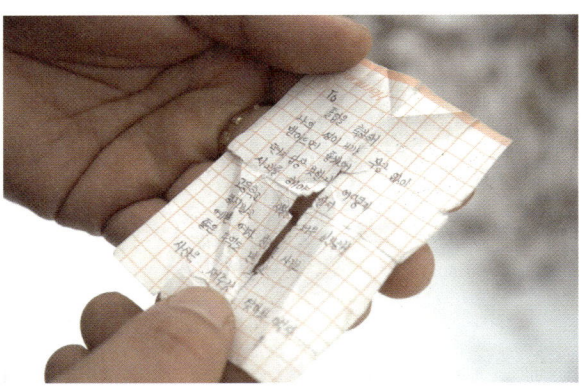

점방에 간 노모와 딸을 기다린다.

"어, 할머니. 저기 아빠다!"

모자 벗고 달려!

"아빠아!"

"아빠아아아!"

나는 아빠다!

아랫집 아저씨가 콩 털고 난 콩대를 가져다주었다 한다. 큰형님과 살고 계신 노모는 겨우내 이 콩대를 때기 전에 다시 털어 콩을 얻으셨다. 까치부부는 이른 아침부터 은행나무 둥지를 고치느라 부지런을 떨고 있고, 노모는 장독대가 있는 수돗가 옆 비닐하우스에 들어 콩을 고르고 계신다.

"핫따 엄니, 겁나게 골랐네요잉?"
"그냐? 허고 봉게 솔찬허기는 허다잉."
"몇됫박이라 될랑가요잉?"
"서리태는 석되는 되겄고 메주콩은 두됫박은 안되것냐잉."

"까만 콩은 네됫박은 되겠는디요. 근디 콩금은 요새 얼매나 헌다요?"

"서리태는 겁나 비싸다잉. 키로에 마넌은 헝게. 메주콩은 키로에 한 삼처넌 갈 것이다."

"핫따 엄니, 요놈 다 골라불먼 겁나 부자돼불겄네요잉."

꼭, 엄니의 눈물방울을 모아놓은 것 같은 콩. 늙은 엄니가 여태 살면서 흘린 눈물을 모으면 몇가마니나 될까. 1937년에 태어난 울 엄니는 올해로 일흔아홉이다. 아부지와 결혼해서 논일하고 밭일하고 베 짜고 품 팔다가 쉰네살에 내 모교이기도 한 대학에 청소부로 들어가 일흔한살까지 일하셨다. 엄니는 호적에 이름이 다섯해나 늦게 올라가서 일흔이 넘도록 일을 하신 뒤에야 고향 쪽으로 돌아오셨다. '김 여사는 작대기 작작 끌고 다님서 한다고 해도 그만한다고 할 때까지는 하시라'고 말하던 청소용역회사 이사장님의 말은 분명 고마운 말이었으나 내겐 어지간히 아픈 말이기도 했다.

이제는 자식들이 보내주는 용돈이나 받아 쓰면서 쉬시라 해도 일을 손에서 놓지 않으시는 울 엄니. 백내장 수술을 해서 볕이 따가운 날에는 썬글라스를 껴야 밭이든 어디든 나가실 수 있는 울 엄니.

엄니와 한동네에서 나고 자라 결혼한 아부지는 장독대에서 태어났다. 모내기를 마친 저녁, 할머니에게 산기가 왔단다. 모내기를 마친 모내기꾼들이 방이며 마루며 마당에까지 흥성흥성 들어 저녁밥을 먹고 있던 차여서 딱히 몸 풀 곳이 없었단다. 귀한 손을 남의 집에서 받을 수는 없고 해서, 할머니는 부랴부랴 뒤란 장독대에서 몸을 풀었단다. 그야말로 모를 내자마자 곧바로 귀한 소출을 얻었는데, 장독대의 간장과 된장 맛을 지켜주는 '철륭신'이 얼결에 아이를 받아낸 셈이다.

와자지껄 북적대던 모내기꾼들이 하나둘 서둘러 빠져나간 산마을 집에, 미역국 끓여내는 불이 다시 지펴지고 할머니는 갓 태어난 아부지를 품고 방에 들었으리라. 아부지는 장독대에서 장맛을 지키는 철륭신이 받아줬다 하여 참 쉽게도 '철륭이'라는 명료한 이름을 얻었다. 물론, 호적에는 항렬에 맞는 이름으로 올려졌지만 마을에서는 누구라도 아부지를 '철륭이'라 불렀다.

이렇듯 장독대에서 태어난 아부지는 엄니와 한동네에서 결혼해 뽕나무밭머리에 집을 짓고는 육남매를 낳아 길렀지만 막둥이인 내가 시인이 되는 것도 보지 못한 채 고생만 하시다가 오래전 성탄전야에 돌아가셨다. 엄니는 지금도 아련한 눈빛으로 '법 없이도 살 양반'인 아부지 얘기를 젤 많이 꺼내시지만 다행히 엄니는 늘 밝으시다.

"엄니, 노인대학은 언지부터 가시지라이?"

"작년 11월에 수학여행 댕기와서 졸업힜응게. 내나, 4월이나 대야 가지."

"저는 엄니가 책가방 메고 노인대학에 갈 적에가 젤로 보기 좋더만요."

"그냐, 나도 핵교 댕기는 게 여간 안 좋냐잉. 겁나게 존 디로 놀러도 가고."

"그시, 두번이나 졸업했지라이."

"그라지, 올해가 시번째 입학잉게."

"그나저나 엄니, 사진 좀 박게 쌍그라쓰 끼고 콩 앞서서 한번 웃어보쇼잉."

"일케 웃으면 쓰겄냐."

엄니가 여태 살면서
흘린 눈물을 모으면
몇가마니나 될까.

울 엄니
김정자 씨   187

"으아아, 어디 시골에 소 키우는 사람 없나?"

몇날 며칠 야근에 시달리던 서른셋 서울처녀 김유리 과장은 A4
용지를 날리며 외쳤다.

"소 키우는 사람 여기 있소!"

쇠뿔도 단김에 빼랬던가. 일찌감치 결혼한 후배가 시골에서 농
사짓느라 아직 장가를 못 든 시아주버니를 불러올렸고, 소도 키
우고 감농사도 하던 마흔셋 총각 위순기는 모든 일을 작파하고
바로 상경했다. 소는 급한 대로 아버지께 맡겼다.

하지만 '서울여자 어떻게 생겼는지 얼굴이나 보자!' 하며 위풍당당하게 서울로 올라온 시골총각 순기 씨는 서울처녀 유리 씨 앞에 앉아 식은땀만 흘릴 뿐, 홍시처럼 뻘게진 얼굴을 제대로 들지도 못했다. 시뻘게진 얼굴로 식은땀만 삐질삐질 흘리면서 눈 한번 제대로 맞추지 못하는 순기 씨를 쳐다보던 유리 씨는 속으로 생각했다. 무슨 남자가 저 따위야!

　'어디 시골에 소 키우는 사람 없나?' 외쳤던 유리 씨는 곧 후회를 했다. 덜컥 겁도 났다. 하지만 체면치레를 하기 위해 두번 더 만났다. 세번째 만났을 때였다. 커리어우먼 유리 씨는 솔직하게 말했다. 순진한 시골총각 마음 아프게 하고 싶지 않으니 그만 내려가시라고, 경솔한 탓에 죄송하게 되었다고……

지고지순한 시골 노총각이라고 해서 왜 그걸 모르겠는가. 순기 씨는 열살이나 어린 유리 씨 마음을 백번 천번 이해할 수 있을 것 같았다. 순기 씨는 용기를 내어 유리씨에게 악수라도 하고 헤어 지자며 손을 내밀었고 유리 씨는 쿨하게 악수에 응했다. 한데 유리 씨 손에 뭔가가 찌릿 전해져왔다. 전혀 생각지도 못한 '듬직한 굳은살'이 만져졌던 것. '손은 거짓말을 하지 않는다'는 믿음과 더불어 알 수 없는 전율이 찌릿찌릿 밀려왔다. 술 한잔이 들어가자 순기 씨는 말도 술술 잘했고, 유리 씨의 눈에 눈도 곧잘 맞췄다. 아, 이 남자였나?

하지만 유리 씨는 거기까지였지 더이상은 아니었다. 한데 며칠 뒤, 순기씨는 시골에서 끌고 온 지프차에 유리 씨를 태우고 무작정 달렸다. 박현빈의 「오빠만 믿어」를 몇번이고 불러댔다.

"오빠 한번 믿어봐. 너만 바라보리라……"

순기 씨는 주문진에 도착한 늦은 밤에야 엔진을 껐다. 어쩔 수 없잖아. 오빠 한번 믿어봐?

"너 미쳤니?"

예상대로 결혼 반대는 심했다. 유리 씨 집에서는 순기 씨 얘기 조차 꺼내지 못하게 했다. 애부터 낳자! 둘은 무작정 혼인신고부 터 하고는 곧 아이를 가졌다. 결혼식은 그다음에 올려도 늦지 않 을 것 같았다. 하지만 세상 사는 일은 사람 뜻대로 되지 않는다

했던가. 첫째를 낳은 뒤 백일도 되지 않아 둘째를 가지게 되었고 둘째를 낳은 뒤에는 셋째가 기다렸다는 듯이 들어섰다. 2008년에 눈을 맞춘 둘은 결국 셋째를 낳은 후인 2013년 12월에야 결혼식을 올릴 수 있었다.

순기 형님의 '굳은살 박인 손'에는 더 많은 굳은살이 생겼고, 이 듬직하고 성실한 손은 지금껏 단 한번도 거짓말을 한 적이 없다. 서울에서 시집온 형수님은 아직도 '담뱃잎'과 '배춧잎'을 구분하는 것조차 어려워하지만, 서울에 계신 부모님께 가장 사랑받는 사위를 남편으로 두고 있다. 위순기(50) 형님과 김유리(40) 형수님 사이에는 준서(7) 현서(5) 윤서(3)가 있다.

아참, 소는 잘 키우고 있을까? 순기 형님은 이제 소는 키우지 않고 감농사를 주로 한다. 대를 이어 받은 백년 가까이 된 먹감나무만 해도 이백그루가 넘는다. 직접 씨 뿌리고 '먹감접'을 붙인 감나무는 셀 수 없이 많다. 이 감나무들은 죄다 토종 '먹시감'이다. 얼핏 보기에는 별거 없어 보이지만 그야말로 끝내주는 '먹시곶감' 한봉지를 끝끝내 건네받은 뒤에야 막내 윤서와 빠이빠이를 할 수 있었다.

순기 형님의 '굳은살 박인 손'은
지금껏 단 한번도
거짓말을 한 적이 없다.

아내 생일을
기다리는,
승용이

승용이를 따라 맥문동밭에 가보았다. 농사일하는 부모님과 함께 살다 얼마 전부터 면 소재지 근처 느티나무 골목으로 제금나 살고 있는 승용이는 예전에는 오디농사와 복분자농사를 했지만 요새는 맥문동농사를 주로 하고 있다.

"막상 살다보니까 살아지더라고요. 부지런만 떨면 먹고살 만해요."

처음엔 선산에 가서 야생 맥문동을 조금씩 캐다가 밭에 심어 키우기 시작했는데, 약재용으로나 조경용으로 심심치 않게 나가 맥문동농사를 늘려가고 있다. 까맣게 익은 씨를 따서 뿌리면 번식도 곧잘 된단다.

승용이가 스물다섯살 때이다. 방통대를 다니며 회사에 다니던 승용이는 스트레스를 풀기 위해 오락실로 향하곤 했다. 할 줄 아는 거라곤 '테트리스'가 전부였지만 그래도 가장 만만한 게 오락실이어서 빼꼼 문을 열고 들어갔다. 한데 이게 웬일! 테트리스를 시작하기도 전에 스트레스가 풀리는 것 같은 아리따운 아가씨와 눈이 딱 마주쳤다.

승용이는 그날 이후로 회사에 다니듯 오락실에도 출근 도장을 찍기 시작했다. 어여쁜 '오락실 아르바이트생'을 보기 위해서였다. 나, 승용이야! 한다면 하는 촌놈 강승용! 승용이는 첫눈에 반한 스무살 아르바이트생 유미에게 전화번호를 건네며 학교 행사에 같이 갈 것을 제안했다.

오락실 출근 딱 한달 만에 밖에서 만난 둘은 만나긴 만났으나 너무 피곤했다. 그래서 둘은 학교 행사를 설렁설렁 마치고 몰려오는 잠을 어찌하지 못해 어정쩡 잠을 자러 갔다. 오락실에서 만난 스물다섯 청년과 스무살 처녀는 그렇게 만난 지 한달 만에 '오락실 커플'이 되었다. 내친김에 살림을 차리고는 곧장 결혼생활에 들어갔다.

강승용(41)과 아내 길유미(36) 부부 사이에는 그 '첫날밤'에 얻은 중2 딸 지윤이(15)가 있고 그 아래 열살 터울인 현이(5)와

구개월 된 딸 예빈이가 있다. 신혼 초에는 일주일이 멀다 하고 다투기도 했으나 언제부터인가 '한다면 하는' 승용이가 스스로 고집을 꺾었다. 그 덕에 강승용의 '강고집'이 훅 꺾인 집안에는 지윤이와 현이와 예빈이의 해맑은 웃음소리만 가득하다.

　승용이네 집 가훈은 '셀프'다. 큰딸 지윤이가 초등학교 5학년 때 지은 것인데, 처음엔 웃음이 나오기도 했지만 괜찮다 싶어 가훈으로 삼았단다. 그래서인지 지윤이는 공부도 알아서 잘하고 터울이 제법 나는 동생들도 잘 돌본다. 밑에 아이들도 그새 가훈을 알았는지 알아서 잘 큰다.

　"지금도 어디에 있든 지윤이 아빠만 있으면 돼요."

　승용이를 쳐다보는 승용이 아내의 눈빛은 언제나 그윽하다. 아참, 둘째 현이와 셋째 예빈이는 둘 다 아내의 생일에 생겼다 한다. 부모님과 함께 살던 때이다 보니 여간 조심스러운 게 아니었는데 아내 생일날만큼은 긴장도 풀리고 근사하게 술도 한잔하다 보니 그렇게 되었단다.

"좀 있으면 지윤이 엄마 생일인디요, 부모님이랑 살다 제금도 나고 했으니 이번 생일엔 맘 놓고 예빈이 동생을 만들어보려고요."

맥문동밭에 나와 땅에 허리를 깊이 숙인 채 손을 바삐 움직이는 승용이의 등이 듬직해 보인다.

'강고집'이 훅 꺾인 집안에는
지윤이와 현이와 예빈이의
해맑은 웃음소리만 가득하다.

아빠 교과서
남편 교과서,
필수 씨

필수 씨네 가족은 좀 많다. 이필수(48) 최영순(40) 부부에게는
민자(20) 민지(18) 민정(16) 민석(15) 민호(9) 그리고 쌍둥이인
민하(6) 민운(6)까지 삼남 사녀의 칠남매가 있다. 안채에는 이 부
부가 모시고 사는 아버지 이기동(83) 어르신이 계신다.

주말을 이용해 가족이 함께하는 사진을 찍기로 하고 필수 씨
네 가족을 만나러 갔다. 하지만 가족 모두를 한번에 만나기는 쉽
지 않았다. 대학교 1학년에 재학 중인 첫째 민자는 아직 읍내에
도 도착하지 못했고 둘째 민지와 넷째 민석이는 사회봉사를 하
러 가서 오지 않았다. 필수 씨도 인근지역에서 포클레인 작업을

하느라 사진 찍을 겨를도 없이 바쁘다. 자전거를 타는 막내 민운과 트랙터 옆에서 노는 다섯째 민호만 보다가 일단 철수.

영순 씨는 열아홉살에 필수 씨를 만나 스무살에 결혼했다. 필수 씨와 영순 씨는 서로 멀리 있어서 일주일에 한번 정도 기차를 타고 만나 그리운 마음을 달랬다. 필수 씨는 만난 지 두달 만에 커플링과 꽃다발을 영순 씨에게 안기며 애정을 과시했지만 정작 '좋아한다'고 '결혼하자'고 고백한 이는 필수 씨가 아니라 영순 씨였다.

필수 씨는 스무살 때부터 포클레인을 배웠다. 회사에서 포클레인 기사로 일하던 필수 씨는 결혼한 뒤로는 중장비업체 사장이 되어 지금껏 가족을 부지런히 먹여 살리고 있다. 성실한 것으로는 둘째가라면 서러울 정도인 셋째 아들 필수 씨는 연세 지긋한 아버지를 모시고 살면서도 소홀함이 없다.

필수 씨는 한마디로 교과서 같은 아들이고, 교과서 같은 남편이고, 교과서 같은 아빠다. '이필수' 하면 뭐가 생각나느냐고 필수 씨 아내 영순 씨에게 물어보았다. 영순 씨는 애틋한 미소를 보이며 답했다.

"이필수는…… 마누라랑 아이들 때문에 고생이 많다."

고명딸로 곱게 자란 영순 씨가 시어머니 시아버지를 모시고 살때였다. 지금은 돌아가신 시어머니는 잔병치레가 잦았다. 그런 시어머니를 살뜰히 모시던 영순 씨가 한여름 더위를 먹고 쓰러졌다. 실려간 병원에서 정신을 차리고 보니 배 속에는 쌍둥이가 떡하니 들어와 있었다. 위로 다섯 아이가 있었지만, 의사는 임신 칠개월이라고 말했다. 찾아온 생명을 어쩌겠는가. 영순 씨는 두 아이를 더 낳아 행운의 숫자 '7'을 채웠다. 쌍둥이는 큰딸과 둘째 딸이 키웠다. 분유 먹이고 기저귀 갈아주며 아이들을 돌봐줬다.

"힘들 때요? 아침에 좀 바빠서 힘들지만 다른 때는 괜찮아요."
칠남매집의 아침은 날마다 즐거운 전쟁이다. 의외로 가장 먼저 눈을 뜨는 이는 쌍둥이 막내 둘이다. 쌍둥이 막내 둘이 알람시계를 대신해 나머지 식구를 모두 깨우고 다니면 화장실은 언제나 두개로도 모자란다. 식구들이 하나둘씩 빠져나가면 영순 씨는 세탁기를 돌린다. 적게 돌려도 두번은 돌려야 빨래가 된다.
9인승 승합차도 좁아 12인승 승합차로 바꾼 필수 씨는 교과서 아빠답게 가족과 함께 여행 다니는 걸 좋아한다. 아내인 영순 씨가 쌍둥이 낳고 몸조리하는 동안에도 가족은 부안으로 여수로 목포로 아랫녘을 돌며 바다를 휘젓고 다녔다. 숙소를 정하지 않고 여행을 갔다가 방을 구하지 못해 12인승 승합차에서 쪽잠을 자야 했던 적도 있지만 '쌀과 김치'만 가지고 떠나도 가족여행은 언제나 즐겁다.

연애를 할 때 부르던 '자기야' 대신 '민자 아빠'가 된 필수 씨. 영순 씨는 기분이 좋을 때면 '필수 씨'라고 부르기도 한다. 그렇다면 남편인 필수 씨는 아내를 뭐라 부를까. 교과서인 필수 씨는 지금도 아내를 '영순 씨'라 부르며 애정을 과시한다. 필수 씨는 아내인 영순 씨가 아프다고 하자 몸에 좋다는 '겨우살이'를 불법 채취해서 아내에게 다려준 적이 있다. 필수 씨가 지금까지 지은 죄라고는 동네 친한 형님 산에 가서 이 '겨우살이'를 몰래 채취한 것 밖에는 없다고 하는데, 왜 말 안하고 채취했느냐고 물어보니 '팔불출'이라는 소리는 듣고 싶지 않아서 그랬다는 말이 돌아온다. 역시나, 교과서 남편다운 대답이다.

전남 장성에서 신혼살림을 차렸던 필수 씨 부부는 아내의 고향인 전북 장수로 내려와 살고 있다. 큰딸이 열세살이 되던 해에 장수로 돌아와 진정한 장수 사위가 된 것인데 필수 씨는 연애할 때나 지금이나 술 담배조차 하지 않으며 오직 가족을 위해서만 살고 있다. 지난 3월 24일은 결혼 20주년이었다. 아이들 일곱이 챙겨주는 결혼기념일은 필수 씨 부부를 아주 특별한 행복에 젖게 했다. 아이들은 케이크를 사 오고 꽃다발을 준비해 필수 씨 부부를 세상에서 가장 행복한 부부로 만들어주었다. 이때 20주년 기념 캐리커처도 선물받았다.

필수 씨는 사년 전부터는 제법 규모 있는 논과 밭을 사서 본격적으로 농사일도 하고 있다. 벼농사 고추농사 감자농사에 요긴하게 쓸 요량으로 트랙터도 큰맘 먹고 구입했다. 해가 넘어가기 직전에야 이 트랙터 옆에서 필수 씨네 가족 모두를 만날 수 있었다. 집 앞 들녘에 나와 환히 웃는 가족을 보는 것만으로도 마음이 오져왔다.

필수 씨는 한마디로 교과서 같은 아들이고,
교과서 같은 남편이고, 교과서 같은 아빠다.

울 큰어매,
김영례 씨

큰집도 고모 집도 작은할아버지 집도 작은작은할아버지 집도 우리 집도 한동네에 있었다. 어매 아부지도 한동네서 결혼한 탓에 외갓집도 같은 동네였다. 그래서 설이 되면 동네 한바퀴를 돌며 세배를 다니고는 했다. 하지만 어느덧 고향 마을에는 큰집과 울 큰어매만 남았다. 울 어매가 객지에서 돌아와 고향 바깥 마을에 살고 있기는 하지만 원래 고향 집은 아니다.

참 오랜만에 큰집에서 하룻밤 잤다. 큰집 작은형과 눈이 맞아 그렇게 했다. 큰어매는 우리가 오기를 기다리며 아궁이 앞에 숯불을 피워놓고 계셨다. 우리가 고기를 끊어 간다던 시간보다 늦게 도착하는 바람에 큰어매는 숯불을 몇번이나 다시 살렸다고 하셨다. 하지만 고향 마을까지 와서 산으로 들어간 어른들을 찾아뵙지 않을 수는 없는 일. 큰집 작은형과 나는 각기 다른 선산에 있는 할아버지와 작은할아버지와 큰아버지와 아버지 산소에 들러 예를 갖추고 가느라 예정 시간보다 늦게 도착했다. 우리 셋은 부뚜막 숯불 앞에 앉아 목살과 삼겹살을 구워 먹으며 느긋하게 술도 한잔씩 걸쳤다. 배가 부를 대로 불러왔지만 먼저 자리를 털고 일어나신 큰어매가 차려내는 밥은 맛있었다. 동네 앞 개골창까지 나가 배를 꺼치며 개구리 소리를 실컷 듣고 와서야 늦은 잠에 들었다.

큰어매가 끓이는 아욱국 냄새를 맡고 눈을 떴다. 큰집 작은형과 나는 번지레하게 만들어진 입식 화장실에서 씻지 않고 바깥 수돗가로 나가 웃통을 벗고 세수를 하고 머리를 감았다. 어릴 적에 삼촌들이 하던 것처럼 '하이고매, 시원하다!'를 외치며 바가지로 물을 퍼부어댔다. 수돗가에는 지금은 쓰지 않는 요강도 놓여 있고 여전히 반질반질한 확돌도 자리를 차지하고 있었다. 수건으로 머리를 말리면서 바라보는 장독대는 여전했다.

큰집 작은형과 나는 초등학교 중학교 동창이기도 한데 이름도 '박진우' '박성우'여서 쌍둥이가 아니냐는 말을 심심치 않게 듣기도 했다. 어릴 적에는 겨우 몇개월 차이로 동생이 되는 게 억울하기도 했지만 언제부터인가 동생이 편했다. 밥을 사도 형이 사고 고기를 사도 형이 샀다. 힘든 일도 형이 알아서 했고 내가 뭘 서운하게 해도 형이니까 이해해줬다. 언젠가는 동창 모임을 하는데 피치 못할 사정으로 내가 그만 늦게 되었다. 다른 친구들은 전화기에 대고 빨리 오라고 아우성을 쳐댔지만 큰집 작은형은 형답게 '서두르지 말고 조심히 오라'고 의젓하게 말하기도 했다.

큰어매가 내주는 아욱국은 언제 먹어도 맛있다. 밥상을 물린 우리는 큰어매표 '막커피'를 홀짝거리며 윗목에 놓인 앨범을 펴보았다. 앨범 속에는 새색시 같은 울 큰어매와 울 어매가 나란히

마루에 앉아 삼을 삼는 사진이 한장 있었다. 그 사진을 보며 입을 헤벌리던 나는 이십삼년 전쯤에 전짓다리에 삼을 걸고는 삼을 삼는 울 큰어매 사진을 찍었던 기억을 떠올렸다. 공군 사진병 시절에 휴가 나왔다가 사진도 찍고 직접 암실에 들어가 현상 인화도 했던 오래된 흑백사진. 큰아버지가 돌아가시고 난 다음 해쯤에 찍은 사진인데, 큰어매를 건들기라도 하면 금방이라도 몇됫박의 울음을 쏟아낼 것만 같다.

입대하기 전, 항암치료를 받던 큰아버지께 마지막 인사를 드리고 나오는 길에 큰어매는 내게 물었다.
"어찌냐. 느그 큰아부지 살 것 같냐 죽을 것 같냐?"
"큰어매도 참. 금방 나서서 오래오래 사시겠구만, 머덜라고 그런 거는 물어봐요."
큰어매는 그때 내가 그렇게 말해주는 게 고맙다며 얼마나 우셨는지 모른다. 올해로 일흔일곱이 된 울 큰어매는 놀랍게도 텔레비전보다 책이 훨씬 '재미나다'고 하신다. 아닌 게 아니라 큰집 큰방 한쪽 벽에는 책이 켜켜이 쌓여 있다. 마루에도 막 개봉한 큼지막한 책상자가 두어개 놓여 있는데, 형수님이 두고 간 것이라고 한다.

큰집은 오십칠년 전 큰어매가 시집올 때 지은 흙집이다. 할아버지 큰아버지 아버지가 기둥을 올리고 흙을 쌓고 지붕을 올린 집. 이 집을 큰집 큰형이 현대식으로 계량하면서 뒤란 쪽으로 입식 화장실을 내고 윗방에 씽크대를 놓아 주방을 만들고 방마다 기름보일러를 깔았지만 큰어매의 반대로 아궁이와 부뚜막이 있는 정지만큼은 시멘트를 좀 덧칠한 거 말고는 따로 손대지 않았다. 덕분에 큰집 정지는 옛 모습 그대로 살아 있어 내가 가장 좋아하는 곳이 되었다. 큰어매를 앞세우고는 어젯밤 고기를 구워 먹었던 정지로 향했다.

"큰어매, 불 때는 시늉 한번만 해줘요."

"넘덜이 보면 물짜게도 산다고 숭보것다, 이놈아."

"숭을 왜 봐요. 부러워허지라이."

"그건 그려, 아궁이 살려놓은 집은 인자 이 동네서도 두집밖에는 안됭게."

정지문 앞에서 큰집 뒤란 감자밭에서 큰어매 사진을 찍어대던 나는 또 큰어매를 앞세우고 우물가로 갔다. 시멘트가 덕지덕지 덧대어진 우물은 이제 개구리 차지가 되었지만 그래도 아직 우물이 살아 있다는 것은 감사한 일이 아닐 수 없다.

"큰어매, 두름박으로 물 좀 질어봐요."

"요놈의 자석이 오만 별것을 다 시키누만. 요로코롬 뜨면 되겄냐?"

"핫따, 아직은 물이 맑네요잉."

아궁이가 있는 정지뿐만 아니라 수돗가도 장독대도 확돌도 맷돌도 다듬잇돌도 양은주전자도 여직 옛날 그대로 있는 큰집. 하나같이 성공한 큰집 형들과 누나들이 아무리 같이 살자고 해도 며칠 지내다가 '깝깝시럽다'며 시골로 내려와 유유자적하는 큰어매. 이제는 논농사 밭농사 내려놓고 쉬엄쉬엄 마당농사 지으며 마을회관도 다녀오고 책도 보며 살아가는 울 큰어매.

　　"핫따, 큰어매. 큰어매는 뭔 허리가 요로코롬 꼿꼿허다요."
　　"그냐, 요새는 일을 안헝게 긍갑다."
　　"얼굴도 여간 아니게 팽팽허고 헝게 울 큰어매 새시집 보내야 쓰겄는디요."
　　"뭐시여, 니가 보내줄 판이냐?"
　　"하이고, 지가 큰어매 시집 하나 못 보내주것어요?"
　　"야 이놈아, 넘부끄런 소리 그만허고, 말캉(마루)에 올려논 것이나 잘 챙겨라잉!"
　　울 큰어매 김영례 씨는 언제 그랬는지도 모르게 고추장 단지와 온갖 곡식과 풋것을 가득 담은 상자를 두개씩 챙겨두셨다.

그 많던
고구마는
누가 다 먹었을까?
성준이

내 친구 성준이는 면내 유일한 공식 '포수'다. 멧돼지가 출몰하여 농작물을 파헤치기라도 하면 유해조수퇴치전담반인 성준이가 현장으로 달려나가 문제를 해결한다. 그렇다면 성준이의 사격 실력은 과연 어느 정도일까.

"우덜도 한번 놀러가자."
시골에서 농사일을 하며 사는 친구 넷은 한해 농사를 마친 뒤에 부부 동반으로 제주도 여행을 갔다. 둘러보고 싶은 곳도 많고 하고 싶은 것도 많았지만 친구들은 일정을 조정하면서까지 사격장을 여행코스에 넣었다. 순전히 성준이를 위한 속 깊은 배려였다. 역시나 성준이의 사격실력은 어마어마했다. 남자 넷 여자 넷, 도합 여덟명이 벌인 사격대회에서 성준이는 탁월한 사격실력을 선보이며 뒤에서 일등을 했다.

의정부에서 직장을 다니던 성준이는 수미 씨와 연애를 하다 시골로 내려와 농사를 시작했다.
"동네 벚꽃이 예쁘니까 놀러 와요."
시골로 내려온 첫해 봄날, 성준이는 수미 씨를 꼬드겼고 수미 씨는 벚꽃을 보러 내려왔다. 하지만 시골 동네에서 수미 씨를 기다리고 있는 건 벚꽃이 아니라 성준이의 어머니와 아버지, 고모와 고모부, 그리고 작은어머니와 작은아버지였다.
"멀리서 왔으니 하루 자고 가요."
수미 씨는 기왕 내려왔으니 벚꽃이라도 보고 가려고 하룻밤을 잤다. 하지만 이번엔 성준이 '외가 쪽' 식구들이 줄줄이 기다리고

있었다. 수미 씨는 벚꽃 한번 보러 왔다가 석달 만에 결혼했다.

　조성준(45)은 허궁실마을 이장이고 아내 이수미(42)는 부녀회장이다. 속 깊은 첫째 민서(17), 밝은 현서(15), 예쁜 은서(8)를 두고 있다. 장녀인 수미 씨는 장남인 성준이와 결혼해 이십년 가까이 시부모님을 모시고 산다.

　"성준이 너는 아침저녁으로 제수씨한테 큰절하면서 살아야겠다야."

　부녀회장인 수미 씨는 지난해부터 인근에 있는 요양원에 나간다. 요양원에서 어르신들 식사도 돕고 목욕도 시켜드린다.

　"어쩔 땐 귀엽고, 어쩔 땐 안쓰러워요."

　처음엔 어린아이가 아닌 어른의 기저귀를 갈아주는 게 꺼림칙하기도 했지만 지금은 괜찮다며 환히 웃는다. 아무리 봐도 성준이는 장가 하나는 끝내주게 갔다.

성준이는 고추농사와 복분자농사를 주로 한다. 벼농사도 만만치 않게 하고 고구마도 키운다. 하지만 올해부터는 고추농사를 줄이고 도라지농사와 참두릅농사를 새로 시작할 참이다. 진득하니 고추를 잘 따는 아내가 요양원에 나가자 성준이가 잔머리(?)를 굴린 끝에 생각해낸 것. 다른 건 다 해도 고추 따는 건 못하겠다는 성준이는 하루에 고추를 세포대 이상 따본 적이 없단다.

"재, 재채기 때문이라니까."

성준이는 멧돼지가 밭에 내려와 농작물을 파헤쳐놓으면 아무것에도 손대지 말고 그대로 둔 채 신고를 해야 멧돼지를 포획할수 있다고 조언한다. 주변을 정리한 뒤에 신고를 하면 멧돼지는 의심이 많아 며칠이고 나타나지 않아 잡기가 쉽지 않단다.

"고구마 밭에서 잠복을 하고 있으면 멧돼지가 코앞까지 내려올 때도 있어. 멧돼지란 게 말이야……"

가만히 듣고 있던 성준이 아내가 한마디 거든다.

"실상, 우리 밭 고구마는 멧돼지가 다 먹었다니까요."

남의 고구마 밭을 지키느라 정작 자기네 밭 고구마는 멧돼지에게 죄다 내준 이 농사꾼 포수는 하루도 거르지 않고 아내에게 '사랑한다'는 말을 하는 애정표현의 대가이기도 하다.

"동네 벚꽃이 예쁘니까 놀러 와요."
수미 씨는 벚꽃 한번 보러 왔다가
석달 만에 결혼했다.

수침동 사람들

정읍 구절초 축제가 시월 초에 열흘 동안 열렸다. 우리 면내에
서 치러지는 행사여서 내가 사는 '수침동 장수마을'도 축제마당
먹거리 장터에 차일을 폈다. 우리 마을에서 자신있게 내놓은 먹
을거리는 손두부와 연잎밥이었다. 파전과 모시송편과 모시개떡,
그리고 구절초로 빚은 동동주도 빠질 수는 없었다. 모두가 우리
마을에서 난 것들로 만든 청정 먹을거리였다.

나는 이틀 동안 차일에 들어 서툰 손을 보탰고 하루는 응원차
다녀왔다. 첫날에는 오후 여섯시가 다 되어서야 점심을 먹을 수
있었고, 다음 날에는 저녁 여덟시가 넘어서야 겨우 몇숟갈 밥을
뜰 수 있었다. 먹을거리를 내놓던 마을 어른들은 정작, 열흘 동안

이나 그렇게 끼니를 놓쳤으리라. 농사일만 하던 손들이 어지간히도 경황없었으리라.

　서둘러 구절초를 만나러 나선 아침, 종석산을 넘어온 아침 햇살이 구절초 공원에 닿아 엎질러진다. 솔숲 소나무들은 맑고 푸른 햇살만 골라 솔가지 위로 올리고, 감을 주렁주렁 매달고 있던 감나무는 까칠한 손을 펴서 선홍빛 햇살만 골라 욕심껏 움켜쥔다. 소나무와 감나무가 놓친 아침 햇살은 구절초꽃밭에 하양 하양 하얗게 깔리며 번진다. 경사를 타고 흘러내린 햇살은 구절초꽃밭을 안고 흘러가는 매죽천 줄기에 닿아 피라미떼처럼 튀어오른다.

　솔숲 구절초꽃밭 돌계단을 타고 내려간 나는 일없이 섶다리를 건너본다. 섶다리를 건너다 말고 서서 맑은 물소리로 탁해진 귀를 씻는다. 섶다리를 내려와 물 밖으로 나온 돌 위를 징검다리처럼 건너다 돌아온다. 마침맞게 찬 아침 강물에 손을 넣어 막 잠에서 깨어난 물의 볼을 만져보기도 하면서 먼 산을 오래 올려다본다. 물에서 나온 나는 왼쪽 어깨에는 매죽천을 끼고, 오른쪽 어깨에는 구절초 공원을 끼고 걷는다. 공원 아래에 자리한 메밀꽃은 아침부터 하얀 이를 드러내며 키득거리고, 키가 껑충한 해바라기

는 거뭇거뭇 타들어가는 얼굴을 숙여 제 발등을 가만히 내려다
본다. 그러거나 말거나 모래톱 근처 밭으로 빽빽하게 몰려나온
코스모스는 이른 아침부터 운동회를 하느라 정신이 없다. 아침
강물에 발 담그고 있던 버드나무는 제 얼굴을 강물에 비춰보며
눈곱을 떼느라 정신이 없고, 기꺼이 버드나무의 물거울이 되어주
던 강물은 있는 최대한 속도를 줄여 맑게 흐른다.

　마을 어른들이 논밭 대신 차일 밑으로 서둘러 모여든다. 아직
은 사람들의 발길이 뜸한 시간, 빨갛거나 검붉은 생고추가 귀퉁
이 깨진 빨간 소쿠리에 담긴다. 노란 두건에 노란 앞치마를 두른
양서운 아지매가 빨간 간이의자에 앉아 생고추를 다듬는다. 가위
로 생고추를 가르고 다부진 손놀림으로 고추씨를 빼낸다. 간이탁
자에 옮겨진 생고추는 도마 위에서 경쾌한 소리를 내며 썰린다.
생고추를 지그시 누른 왼 손가락 첫번째 마디는 칼의 옆구리에
얌전히 닿아 있고, 칼자루를 쥔 오른손은 가볍고 상쾌한 속도를
낸다. 일정한 속도의 칼놀림이 일정한 크기의 고추채를 만들어낸
다. 생고추의 매운 냄새도 장인숙 아지매의 야무진 손끝에서 채
채채 썰려 나온다.

전복례 아지매는 파를 정갈하게 다듬고, 정화자 아지매는 파를 듬뿍 넣은 파전을 지글지글 부쳐낸다. 오징어도 듬뿍듬뿍 올려지고 고추채도 아낌없이 더해진다. 따로 풀어둔 달걀이 지글거리는 파전 위에 한숟갈씩 올려진다. 프라이팬 위에서 시작된 파전 냄새가 차일 안에 꽉 들어찬다. 설거지를 하던 김미라 아지매가 손두부를 만드는 아저씨들을 불러 모아 파전 시식을 재촉한다. 사진을 찍던 나는 맛있다는 말 대신 엄지손가락을 치켜올려본다.

부녀회장인 이강순 아지매가 야외 주방 가스레인지 위에 찜통을 올린다. 정성껏 빚은 모시개떡과 모시송편을 찜통에 담고 가스를 켠다. 훈김이 훅훅 올라오는 뚜껑을 연 권영희 아지매(각골떡)는 손으로 훈김을 후후 내젓고는 젓가락으로 모시개떡과 모시송편을 찔러본다.

"다 되았구만."

간이판매대로 옮겨진 모시개떡과 모시송편을 현수 아저씨도 먹어보고 고순자 아지매(도산떡)도 먹어본다.

"여간 맛나게 쪄진 게 아니구만요."

연잎밥을 찌는 솥에서 김이 올라오기 시작한다. 찹쌀 찰수수 대추 감 같은 것들이 아낌없이 들어간 연잎밥. 마을 사람들은 일찌감치 마을 공동으로 연을 심어 연잎을 키웠고 연잎밥을 맛있게 만들기 위해 지난여름부터 수많은 연구를 했다. 차라리 인근

면 소재지 떡집에 맡겨 연잎밥을 만들어오는 게 낫겠다는 의견
도 없지는 않았으나 마을 사람들은 손이 많이 가더라도 정성을
더 보태는 쪽을 택했다. 연잎 한장 한장에 정성껏 곡물을 담고 깨
끗이 씻은 지푸라기로 단단히 묶어 연잎밥을 만들어냈다. 막 쪄
진 연잎밥을 오물거리며 부지런히 손을 놀리는 정화자 아지매
(내동떡)와 최순애 아지매(남안떡)의 입가에 웃음이 번진다.

   손두부 만드는 남자들은 연일 힘을 쓰느라
바쁘다. 종연이 아저씨는 불린 콩을 가느라 정
신이 없고, 용기 아저씨와 바우 아저씨는 펄펄
끓는 콩물을 저어주느라 경황이 없다.
   콩물을 헝겊자루에 부어 콩비지를 걸러내는 일은 명화 아저씨
가 주도한다. 간수를 치는 일도 '순두부'를 나무틀에 부어 '손두
부'로 만드는 것도 명화 아저씨 몫이다. 박상기 이장님은 손이 모
자란 쪽으로 걸음을 옮기느라 정신이 없다. 나는 눈치껏 필요한
곳에 손을 보탠다.
   길게 줄지어 선 사람들은 이제나저제나 손두부가 되기만을 기
다리지만 김이 모락모락 나는 손두부는 칼로 자르는 즉시 바닥
난다. 오래 기다린 보람도 없이 빈손으로 발길을 돌려야 하는 사
람들의 눈빛에는 아쉬움이 가득하다. 손두부가 제법 나갈 거라고
예측은 했지만 이렇듯 인기가 좋을 줄은 몰랐다. 콩물 끓이는 솥

을 두개로 늘려 전날보다 두배나 더 빠른 속도로 손두부를 만들어보지만 손두부는 여전히 부족하다.

차일 밑은 한시도 쉴 겨를 없이 사람들로 붐빈다.

"여기 김치 좀 더 주세요."

김치가 너무 맛있는 게 탈이라면 탈이어서 김치는 금시 동나곤 한다. 현수 아저씨는 오늘 하루만 해도 오토바이를 타고 다섯 번이나 마을에 가서 김치를 가져와야 했다. 손님이 몰려들다보니 권영홍 노인회장님이나 김화룡 어르신조차도 쉴 틈이 없다. 마을에 남은 사람들은 김치를 담그고 밑반찬을 만들어 대느라 정신이 없을 터이다.

밤 열시가 다 되어서야 차일을 뒤로 하고 돌아오는 길, 이명화 아저씨가 따로 몰래 챙겨두었을 두부 한모를 봉지에 넣어 내민다. 나는 한사코 손사래를 쳤지만 끝끝내 내 손에 검은 봉지를 쥐어주고서야 이명화 아저씨는 걸음을 재촉한다. 두부는 여전히 따뜻했다.

엄동설한
바람막이,
산내면 청년들

　대설 아침이다. 면내에 사는 청년들이 상례마을로 모여든다.
건축자재를 실은 트럭이 골목 끝에서 멈춘다. 청년들은 이인 일
조를 이뤄 철골조를 어깨에 메고 나른다. 트럭에서 시멘트와 각
파이프를 내리고, 그라인더와 용접기를 들어올린다. 해가 지기
전에 여든이 다 된 상례마을 할매 집 수도배관을 해야 하고 비가
새는 지붕도 수리해야 한다. 무엇보다 허리가 호미처럼 휘어진
할매가 겨울을 따뜻하게 날 수 있도록 바람막이를 쳐야 한다. 이
할매 집 공사는 양병덕 임영규 노준철 홍문택 김현기 김상진 조
철우 배종원 김병운 신병진 김영후 강승용 김재식 청년이 맡기
로 한다.

할매는 여태 마당 수돗가에서 눈비를 맞
으며 물을 받아 썼다. 청년들은 먼저 수
도를 마당 안쪽으로 옮겨 설치한 뒤 바
람막이를 치기로 하고는 괭이와 해머로
수돗가 콘크리트를 까낸다. 청년들의 팔뚝
에 힘이 들어가자 콘크리트 바닥이 버석버석 바스라진다. 오전
중에 수도 배관 공사를 마무리해야 해가 지기 전에 계획했던 일
을 끝낼 수 있다. 몇몇은 뒤란으로 가서 지붕에 쌓인 눈을 긁어내
고 물이 줄줄 새는 플라스틱 차양을 걷어낸다.

자재가 반쯤 남은 트럭에 시동이 걸린다. 허삼권 김귀남 위순
기 김민수 김대혁 김종대 허갑선 김봉정 김현관 강창모 청년은
서둘러 안성대마을로 향한다. 이 청년들이 바람막이를 칠 집은
아흔이 다 된 할매 할아부지가 사는 집이다. 할매는 거동을 할 수
없어 방에 누워 지내고 할아부지가 집안 살림을 도맡아 하고 있
다. 트럭이 안성대마을에 도착하자 이 마을의 김영정 이장이 음
료수 상자를 들고 들어온다. 청년들은 줄자로 처마 길이를 가늠
하는가 싶더니 그라인더 불꽃을 튀기며 철골재를 자른다.

점심시간이 되자 청년들은 다시 상례마을에 모인다. 상례마을
부녀회에서 가만히 보고 있을 수 없어 뜨끈뜨끈한 밥을 지어 내
놓은 것이다.

"누가 시킨 것도 아닌디 이렇게 청년들이 나서서 존 일을 헝게 여간 고맙고 기뜩헌 게 아녀."

면내 청년들에게 밥을 지어 먹인 아지매는 여덟이다. 황오장 (순창떡) 조정실(금산떡) 전경려(참시내떡) 박정숙(정읍떡) 엄용 분(청주떡) 김덕이(능암떡) 허영애(신배떡) 커리훙(중국떡). 이 여 덟 아지매가 만들어 내놓은 뼈다귀김치찜과 고등어조림은 어지 간히도 맛나다.

밥 잘 먹고 나오는데 갑자기 마을회관이 웅성웅성해진다. 두 패 로 나눠 조용조용 '존 일'을 하고 있는 '산내면청년회' 회원들이 부녀회장님께 밥값 봉투를 쥐어줬기 때문이다. 쉰여덟 황오장 부 녀회장님은 끝까지 봉투를 받지 않으려고 손사래를 치고 쉰여섯 양병석 청년회장님은 봉투를 끝끝내 쥐여주려 안간힘 쓴다.

"이거 안 받을라먼 노래라도 한자리 하씨오."

"우덜이 밥돈 받을라고 밥혔간디? 아, 노래야 백곡이라도 불러 불제."

부녀회장이 구성지게 노래를 하다가 웃음보를 터뜨린다.

"그려, 인제 우덜은 노래값 내고 갈라요."

김춘규(능암 양반) 노인회장님까지 나와서 말려도 이 막무가내 청년들은 끝내 '밥돈'을 쥐어주고 하던 일을 하러 간다.

그라인더는 굉음을 내며 쇠를 마저 자르고 잘린 철골조는 수평계의 도움을 받아 척척 세워진다. 용접기에서는 끊임없이 불꽃이 튀고 있다. 안성대마을 할아부지가 커피를 타 내는 동안에도 바람막이 비닐은 짱짱하게 쳐진다. 누군가는 모과차를 끓인 주전자를 들고 오고 누군가는 옆 면 소재지까지 나가 통닭을 튀겨다 놓고 간다.

　　"겨울 따숩게 보내고 오래오래 사세요."
　　상례마을 할매네 집수리와 안성대마을 노부부 집 바람막이 공사는 다행히 해가 떨어지기 전에 끝난다.
　　"내가 내 갈 길 가버렸으면 젊은 양반들이 이 고상 안헐 턴디."
　　청년들이 일을 하는 내내 안절부절못하던 상례마을 할매 눈이 이윽고 글썽해진다.
　　"내가 머시라고…… 얼매나 욕 봤는디…… 내가 머시라고 내가 머시라고……"
　　눈물이 그렁그렁 맺힌 할매는 돌담에 손을 얹고 서서는 골목 내려가는 청년들을 오래오래 내려다본다.

"겨울 따숩게 보내고
오래오래 사세요."

'창문 엽서'를 쓰는 내내 행복했다. 요란 떨지 않고 살아가는 사람들의 얘기를 들려주고 호들갑 떨지 않는 풍경을 오려 그대에게 보내는 마음이 설렜다. 따뜻한 쪽으로 순한 쪽으로 착한 쪽으로 정직한 쪽으로 뭉클한 쪽으로 상처를 나누는 쪽으로 더불어 사는 쪽으로, 그리하여 시큰하게 아름다운 쪽으로 기울어진 사람들과 오래되어서 되레 새로워 보이는 풍경, 지친 그대에게 보내는 마음 여전히 각별하다.

내가 만난 사람들은 특별하지 않아 더욱 특별한 사람들이었고 잘나지 않아 더욱 잘난 사람들이었다. 주어진 삶에 만족할 줄 알

되 결코 안주하지 않고 블루베리와 먹감과 콩대와 아궁이와 금낭화와 구절초와 옥수숫대와 세월호와 대설 아침과 같은 시간을 제각기 함께하며 순박하게 사는 사람들이었다. 한발 비켜선 자리에서 각박한 세상의 중심을 조금은 '따순' 쪽으로 움직이게 하는 사람들, 도란도란 얘기를 나누다가도 카메라만 꺼내면 금시 표정이 어색해지던 내 사람들, 사랑하고 응원한다.

귀한 날갯글을 달아준 안도현 시인과 백상웅 시인의 호의에 깊이 감사드린다. 끝으로 창비문학블로그에 '창문 엽서'를 연재할 때부터 책이 만들어질 때까지 모든 과정을 기꺼이 도맡아준 창비 문학출판부 김선영 선생님께 유다른 마음을 전한다.

이만 총총.

2015년 11월

박성우

박성우 시인의 창문 엽서

초판 1쇄 발행 • 2015년 11월 6일

지은이/박성우
펴낸이/강일우
책임편집/김선영
조판/황숙화
펴낸곳/(주)창비
등록/1986년 8월 5일 제85호
주소/10881 경기도 파주시 회동길 184
전화/031-955-3333
팩시밀리/영업 031-955-3399 · 편집 031-955-3400
홈페이지/www.changbi.com
전자우편/lit@changbi.com

ⓒ 박성우 2015
ISBN 978-89-364-7273-3 03810